U0082106

「十香她們只是想平凡地生活下去！」

高中生——五河士道

「我要殺死的不只是精靈，
還有在不知不覺中差點就要受到感情牽絆的……自己。」
憎恨精靈的巫師──鳶一折紙

「鳶一折紙，我討厭妳。
不論是現在還是從前──不過，現在的『討厭』，
大概跟從前的『討厭』不太一樣。所以──」
精靈──十香

「我不會手下留情
——妳可別死囉，折紙。」

「——〈滅絕天使〉。」
Metatron
精靈——鳶一折紙

「……折紙，妳這傢伙，
為什麼——變成了精靈！」

CONTENTS

約會大作戰

天使鳶一

橘 公司
Koushi Tachibana

Kadokawa Fantastic Novels

彩頁／內文插畫　つなこ

精靈
THE SPIRIT

存在於鄰界，被指定為特殊災害的生命體。發生原因、存在理由皆為不明。
現身在這個世界時，會引發空間震，給周圍帶來莫大的災害。
再者，其戰鬥能力相當強大。

處置方法1
WAYS OF COPING 1

以武力殲滅精靈。
但是如同上文所述，精靈擁有極高的戰鬥能力，所以這個方法相當難以實現。

處置方法2
WAYS OF COPING 2

——與精靈約會，使她迷戀上自己。

天使鳶一

Angel TOBIICHI

SpiritNo.1
AstralDress-AngelType Weapon-CrownType[Metatron]

序章　鳶一折紙

鳶一折紙這名少女開始變得「特別」，是在距今約五年前的時候。

她自小便冰雪聰明，學業成績和運動能力都十分優秀，但那終究是在常識範圍內，頂多不過是母親能在家長會和三方面談中引以為傲的程度罷了。

拿手的科目是算數；不擅長的科目是國語。

愛吃的食物是焗烤；不愛吃的食物則是芹菜。

將來的夢想是——成為一名可愛的新娘。

世界充滿了常識，沒有人會去懷疑。只要確實做好自己能力範圍之內的事，朋友和大人就會誇獎自己。並沒有特別意識到這件事，而是一個勁兒地認為如此溫柔的世界會持續到永遠。

然而，五年前的那個夏天，圍繞在折紙身邊的一切事物驟然改變。

——那一天，折紙回到城鎮，迎接她的並非熟悉的街道風景，而是烈火燃燒，宛如地獄般的景象。

（爸爸、媽媽……！）

折紙想起應該還留在家裡的父母，便奔向被火焰包圍的城鎮中。

仔細一想，這個舉動魯莽至極。就算折紙趕回家，能做的事也寥寥無幾。不過，此時的折紙一心只想確認父母的安危。

不久，折紙抵達家裡，只見父親摟著母親的肩膀，踹破熊熊火勢燃燒的家門，逃出門外。

此時，折紙才終於放下一百二十個心。父親和母親還活著。折紙欣喜若狂，眼眶泛著淚水，伸出手打算牽起父親的手。

然而，就在這一瞬間——

（——咦？）

有光一般的東西突然從天空傾注而下，輕而易舉地吹飛折紙。

然後——正巧位於那道光芒正下方的父母……化為細小的碎片，難以想像他們在一瞬間之前還保有人類的形狀。

（啊，啊……啊……啊啊啊啊啊——）

折紙緊咬牙根，仰望上空。

看見一名釋放光芒的少女輪廓。

（就……是……妳……）

——把爸爸和媽媽……

（不能……原諒……！殺了妳……！我——絕對要殺了妳……！）

折紙揚起染上悲憤的聲音，發誓一定要報仇。

那便是折紙與精靈的相遇。

歷經漫長歲月的宿命的緣由。

自那天起，折紙便徹底改變。

由於沒有其他親人，折紙便由住在附近的嬸嬸暫時照料——而那位嬸嬸曾是ＡＳＴ的相關人員一事，大大左右了折紙之後的人生。

嬸嬸事先要求折紙保密，接著告訴她某種存在。

——精靈。毀滅世界的災難。

之後，折紙便開始瘋狂勤奮地學習和鍛鍊。

理由只有一個。那就是為了查出當時看見的精靈的真面目，並且親手殺了她。

年幼的折紙不明白具體的方法，所以——只好一個勁兒地持續鍛鍊自己。為了有朝一日找出殺親仇人時，能立刻採取行動，折紙以會讓人誤認為修羅或羅剎般嚴厲的態度，徹底磨練自己的身體和精神。

拿手科目是全部；沒有特別不擅長的科目。學會所有能習得的知識和技術，徹底擊潰「不可能」這個單字。

從那時起就幾乎不曾在意對食物的喜好，只攝取能創造強健體魄的合適營養，其餘的事一概不理。

將來的夢想是——一心只想殺了那名精靈。

於是數年後，折紙經由嬸嬸的介紹，前往ＡＳＴ請求入隊，通過顯現裝置的契合度測試，成為巫師。

成為ＡＳＴ隊員的折紙更加激烈地鍛鍊自己。

世界充滿了荒誕不經的事，每個人卻無意反抗。在自己的能力範圍之內，終究無法達成目的。為了在如此殘酷的世界中存活下來，只能不斷強烈意識到自己的存在意義和使命。

話雖如此——折紙也有放鬆心情的瞬間。

沒錯。那便是「當時」遇見的少年。

仔細一想，折紙對他的感情與其說是愛慕，或許更接近依賴。

失去父母的折紙將心靈寄託在他身上，好不容易才保有自我。

因此——即使現在他間接造成折紙被驅逐出ＡＳＴ，她也從來沒有怨恨過他。

事到如今回想起來……折紙當時或許是感覺到了極限吧。

以打倒精靈為目的組織而成的ＡＳＴ；給予人類超乎常軌之力量的顯現裝置。

就算利用兩者的力量，終究還是敵不過精靈。

所以，折紙追求更強大的力量。

製造出顯現裝置的公司DEM Industry最新銳的裝備，以及能操控它的身體。

於是，折紙她——

第一章　被盯上的士道

黑暗中，最先感到突兀的是，味道。

像肥皂，又像花朵般的芳香。顯然不是從自己身上散發出來的香味，冷不防地刺激著士道的鼻腔。

「嗯……」

士道發出輕微的呻吟聲並活動身體，躺著伸了伸懶腰。

結果，這次換手背產生某種柔軟又溫暖的觸感，同時傳來「呀！」的輕微叫聲。

「咦……？」

士道硬是從模糊的意識中清醒，搓揉著眼睛坐起身來。

最先映入眼簾的是自己熟悉的床，皺成一團的毛巾被和毛毯蜷伏在白色的床單上。不過，剛才手背感受到的，分明不是這兩者的觸感，重點是布根本不可能發出聲音。士道將視線緩緩向上移動。

於是……

「呵呵……早安啊，士道。」

一名穿著內衣的女性依偎著士道躺在他身邊，露出神祕的笑容，以嫵媚的姿勢撩起頭髮。年齡大概二十五歲左右，四肢修長、胸部豐滿，是個擁有傲人的身材比例，連模特兒都自嘆不如的美女。

「……嗯，喔喔，早——」

士道睡眼惺忪，打算回應對方的問候——卻在中途止住了話語。

「嗚……嗚哇啊啊啊啊啊啊啊！」

在腦袋理解這個異常事態的同時，士道向後退，與那名美女保持距離。不過，這裡是床上。士道不是踩空，而是屁股跌出床外，就這麼往後栽，頭部狠狠撞到地板上。

「唔哇！」

「哎呀、哎呀。真是的，你要小心一點才行喲，士道。」

耳邊傳來女性嘻嘻嗤笑的聲音。士道維持仰躺在地的姿勢，抬起頭之後，以交雜著困惑和驚愕的視線望向床上。

「七……七罪……！妳為什麼會——」

然後，發出充滿慌亂的聲音呼喚女性的名字。

沒錯，士道曾經見過這名女性。七罪。前幾天他才剛封印完靈力的一名精靈。

「為什麼？當然是來問早啊。我可是特地來叫醒你這個愛睡懶覺的人呢。」

七罪慢慢坐起身後發出「嗯嗯！」的聲音，伸了伸懶腰。明明只是這麼一個舉動，那幅情景卻宛如電影當中的一幕。

士道一瞬間差點被七罪優美的舉止奪去視線，但是馬上又回過神來，用力甩了甩頭。

「不是啦……！不對，我也很在意妳為什麼會睡在這種地方，不過重點在於——」

士道再次揉了揉雙眼，順便掐了掐臉頰確認自己不是睡昏頭後，繼續說道：

「七罪，妳為什麼變成大人了啊！」

沒錯。其實這位美麗女性的樣貌並非七罪本來的面貌。

而是擁有變身能力的精靈七罪將自己的身體幻化成理想女性的姿態。

不過，現在的七罪理應被士道封印了靈力，正常來說不可能施展變身能力。即使能使用限定能力，應該也僅限於精靈的精神狀態十分不穩定的時候。

既然如此，莫非是七罪承受了極大的壓力嗎？不對，七罪看起來也並不像精神狀態十分不穩定的模樣——

正當士道思考著這種事情的時候，房門突然開啟了。

「到底在搞什麼啊，從剛才就吵吵鬧鬧的。」

一名用黑色緞帶將頭髮紮成雙馬尾、年約國中生的少女踏進房間。她是士道的妹妹，五河琴

里。看樣子，因為從剛才士道就大聲喊叫又跌下床，她覺得奇怪便過來查看情況吧。

「………這……」

琴里開著門掃視房間內部後，來回凝視著半裸狀態的七罪以及跌在地上的士道，抽動了一下眉尾。

接著也不在意從士道的角度能看見她的內褲，高高地抬起腳，朝仰躺在地的士道肚子一腳踩了下去。

「一大清早的，你們這是在幹什麼啊啊啊啊啊！」

「GYAN……！」

士道將身體拗成く字型，按著腹部痛得在地上一顫一顫地不停抖動。琴里順著出腳的勁道，轉了一圈背對士道，雙腳用力踏上地板後，用右拳擊入左手掌心，擺出Ending Pose。如果是格鬥遊戲，兩人中間肯定會蹦出「KO！」的文字。

「哼，還GYAN（註：鋼彈中出現的一種試作型MS，主要駕駛員的興趣是收集骨董）咧。你乾脆改行當骨董商算了。」

「我……我說妳啊……」

就算士道發出充滿責備的聲音，琴里似乎也充耳不聞。

「所以，你腦袋到底在想些什麼？妹妹在家，竟然還想在家裡做出淫蕩的行為。我還以為你是個更懂分寸、深思熟慮的人呢。」

「這是莫須有的罪名啦！」

「嗚哇，原來你恐怕有做啊……真下流。」

「不要從字面上解釋啦！總之我一醒來，七罪莫名其妙就睡在我旁邊了啦！」

「……是這樣嗎？」

琴里朝七罪投以疑惑的眼神。

七罪頓時羞紅了雙頰，環抱著胸口，一臉害羞地開口說道：

「士道你這個……大色狼。」

「……！」

琴里射出銳利的視線，再次抬起腳朝士道踹過去。不過，士道在千鈞一髮之際擋下她的攻擊，大聲吶喊主張：

「妳……妳冷靜點！我真的什麼都沒做啦！」

「……真的嗎？」

「真……真的啦！話說，為什麼七罪能變身成大人啊！發生了什麼事嗎？」

「喔喔……」

士道提出疑問後，琴里便慢慢地將腳從士道上方移開。

「說到這裡，我還沒跟你說吧——七罪的狀態。」

「狀態？什麼意思？難道是封印得不完全嗎……？」

士道一臉緊張地問道。不過，琴里垂著雙眼搖了搖頭。

「沒這回事，封印本身是成功了。照理說，七罪的靈力應該跟其他精靈一樣，被你完全封印住了。」

「那麼……是有某些原因造成七罪的精神狀態不穩定嗎？」

士道說完，琴里便露出複雜的神情，同時低吟：

「唔……這麼說……好像也沒錯啦。」

「？到底是怎麼回事啊……？」

士道還是有些搞不懂，歪了歪頭。於是琴里蹲下身子將臉湊近士道的耳邊，應該是顧慮到七罪的心情，避免讓她聽見吧。

「……就是啊，七罪的心靈不是超脆弱的嗎？」

「……啊……」

士道維持不自然的姿勢搔了搔臉頰。說到這裡，變身前的七罪內心非常自卑，任何芝麻小事都能破壞她的心情。

「也就是說，七罪比十香她們更容易展現能力。」

「那……那樣的話，不是挺危險的嗎……？」

「唔……話是這麼說沒錯，但目前為止她展現的也只有改變自己容貌的能力，應該還應付得過來吧。我想在她感到害羞或是想避人耳目時，會自然而然掩飾自己的真面目吧。只能花時間慢慢讓她習慣了。」

「這……這樣啊……」

「喂～你們兩人在竊竊私語什麼啊？不要排擠大姊姊嘛～」

七罪以萬分撩人的姿勢一邊抓起凌亂的頭髮一邊說道。她的舉止落落大方，一點也感覺不到心靈很脆弱。話說回來，七罪變身成這副模樣時，如字面所示，宛如變了一個人似的，連個性也變得充滿自信。

「七罪，妳啊……」

琴里站起身來，半瞇著眼吐了一口氣。

「要叫士道起床是無所謂啦，但能不能改改妳那動不動就變身的習慣啊。照這樣下去，無論經過多久，妳都無法融入社會喲。」

「啊～不要因為叫士道起床的任務被我搶走了就生氣嘛，枉費妳那張可愛的臉蛋囉。」

「我……我又沒那樣說！」

「呵呵，就算妳不說也全寫在臉上囉。不過啊，憑琴里妳的身體，就算睡在士道旁邊，他搞

不好也不會發現呢。」

「妳……妳說什麼！」

七罪還抱手臂捧起她那豐滿的胸部如此說完，琴里便以聽似忍無可忍的口吻大喊。

「因為～～實際上就是這樣嘛。雖然看起來符合特定需求，但該說是火力不足嗎？還是神乎其技到空氣阻力無限接近零呢？」

「妳少瞧不起人了！本小姐還在發展途中啦！」

「咦咦……不過胸部好像大多在十五歲左右就會停止發育了喔。」

「我……我才十四歲啦！再說，妳是在臭屁什麼！處於變身狀態的妳或許是魔鬼身材沒錯，但實際上妳根本比我還矮嘛！」

「……！」

琴里如此吶喊的瞬間，七罪原本自信滿滿的表情突然轉為驚愕，甚至產生周圍一下子變暗的錯覺。如果是漫畫，七罪的頭上應該會出現「打擊——」、「重傷——」之類的擬態語吧。

「琴里妳……果……果然……是這麼想我的吧。嗚……嗚嗚……我真像個笨蛋，還以為交到了朋友，一個人樂昏了頭……根本不可能會有人接受我嘛……」

七罪兩手捂著臉龐，不時顫抖著肩膀。原來如此，心靈簡直像豆腐一樣脆弱。琴里露出「完蛋了！」的表情，慌慌張張地走向七罪身邊。

「我……我沒有那麼想啦。剛才那算是一時氣到脫口而出，或者應該說是以牙還牙……」

「嗚……嗚……算了啦，琴里，不用勉強沒關係。抱歉要妳和我這種人來往……明明沒有任何優點還得意忘形，真是抱歉……」

「不是啦，我真的沒那麼想！」

「可是……我比妳還矮……」

「才……才沒那回事！」

「……那麼，妳比我還要矮囉……？」

「唔！那……那個嘛……」

琴里的臉頰滲出汗水，支吾其詞。於是，七罪的眼眶泛起斗大的淚珠，嚎啕大哭了起來。

「妳果然是騙我的！是最傷人心的白色謊言對吧啊啊！」

「啊……啊啊，真是的！對啦！我比妳還矮啦！」

琴里舉白旗投降似的說道。結果，七罪剛才的言行有如虛假一般，若無其事地停止哭泣，接著拍打床面笑了起來。

「啊哈……哈哈哈哈！矮冬瓜！琴里是矮冬瓜！」

「什麼……！」

琴里頓時無法理解狀況，呆愣了一會兒後立刻露出銳利的視線，狠狠瞪向七罪。

「妳……妳這傢伙……是騙我的吧！」

「呀！矮冬瓜要攻擊我了！」

七罪天真無邪地嘻嘻笑著跳下床，離開房間跑向一樓。

「妳這傢伙，給我站住……！」

琴里追在七罪後頭，啪躂啪躂地衝下樓。

——就這樣，士道的房間終於迎來了平靜。

「……去洗臉好了。」

士道無奈地嘆了一口氣，慢慢從地上站起來。

雖然一醒來就有驚喜，但除此之外，這天早上再「平常」不過了，平常到令人驚訝的地步。

洗臉、換衣服、和最後似乎讓七罪逃掉的琴里一起吃早餐，然後出門。

接著，有一道精力充沛的聲音從隔壁公寓傳來。

「士道！」

往聲音來源看去，發現一名少女身穿與士道相同的來禪高中制服，正朝他大幅度地揮手。

那名少女擁有一頭如夜色般的漆黑長髮，水晶般閃閃發亮的雙眸讓人印象深刻，美得令人難

以置信。端正的鼻梁以及像櫻花花瓣的嘴唇，她的容貌甚至讓看見她的人感覺有種人工製造的神祕感。

不過，浮現在她那令人憐愛的臉龐的，是完全顛覆上述印象，既開朗又可親的笑容。

夜刀神十香。五河家的鄰居兼士道的同班同學。

「喔，十香，早啊。」

「嗯，早安！」

士道也朝十香揮揮手後，她便露出滿面笑容，深深地點點頭。一切的行為舉止都充滿了精神和活力，依舊是個竭盡全力生活的少女。

「今天天氣也很好呢！暖洋洋的！」

「是啊，感覺不像十一月呢——對了，耶俱矢和夕弦呢？該不會還在睡懶覺吧？」

士道歪了歪頭看向十香的後方，卻沒看見與十香同住一棟公寓的八舞耶俱矢和八舞夕弦兩姊妹的身影。

「不是，她們兩個先走了喔。她們今天好像在比賽誰先到學校的樣子。」

「喔喔，原來如此。」

這理由實在太像她們的「風格」，令士道不由得露出苦笑。耶俱矢和夕弦兩姊妹感情雖然十分融洽，但兩人熱愛一較高下勝過吃兩頓飯（其實很想說三頓，但如果三頓飯都沒吃，她們似乎根本沒體力一較高下），動不動就較勁。

「那麼，我們走吧。」

「嗯！」

士道說完，十香便精神奕奕地點了點頭。接著兩人走在熟悉的通學路上。

這也是一如既往的日常一景。

這幾個月來重複無數次的每日部分光景。在不知不覺中，存在精靈這種特殊生物、超越常識範疇的異樣景象，對士道而言已成為再自然不過的日常生活。

「……好痛。」

士道不經意仰望天空時，突然感到脖子一陣疼痛，皺起了臉孔。

「唔？士道，你怎麼了？」

「喔喔……我今天早上不小心摔下床。」

「唔，你要小心一點才行吶。」

十香一臉擔憂地對他說道。士道露出苦笑，彷彿在訴說「不要緊」似的。

「平常是不會摔下床啦。今天是因為七罪她——」

「七罪？七罪她怎麼了？」

「啊，不，沒什麼。」

士道像是要蒙混過去般揮了揮手。十香雖然露出納悶的表情，但隨後便像是想起什麼事情一樣瞪大雙眼。

「對了，士道，說到七罪，我從以前就有一件事覺得很好奇。」

「嗯？什麼事？」

「七罪是因為被大家喜愛，所以才叫NATSUMI嗎？」

「……啊……」

因為話題改變而鬆一口氣的心情也僅止於一瞬間。聽見這個問題，士道的臉頰滲出汗水。

「NATSUMI」是之前士道告訴過十香的詞彙，意思是「我最喜歡你了」。不過……那其實是士道稱十香為七罪時，為了蒙混過去所捏造的詞彙。

「就……就是說啊。因為『愛』啊、『最喜歡』啊這種詞聽起來很棒嘛，所以還滿常被拿來取名字的。妳想，我記得班上的山吹名字的發音也讀成『AI』嘛。」

「喔喔！原來如此！」

士道剎那間編出一些謊話後，十香便像是由衷佩服般捶了一下手。總覺得……內心隱隱作痛。順帶一提，同班的山吹名字叫「亞衣」，而不是「愛」。

兩人邊走邊聊著這種話題，不久後便抵達了高中。

一如往常換上室內鞋，一如往常爬上階梯，一如往常走進教室，一如往常坐到自己的座位上。士道的座位是從窗邊數來第二個，而十香的座位則是在他的隔壁。總覺得……在踏進教室的瞬間，同班同學們便朝自己投以充滿警戒的視線，不過士道姑且不去在意。

接下來只要做好上課的準備，在班會開始之前和十香天南地北地閒聊就好了。這也是一如往常的時間。

——不過……

「……」

士道一語不發地望向他左邊的座位。

還沒有人就座的位子。那是士道的同班同學——鳶一折紙的座位。

沒錯。原本應該一如既往的日常生活中，缺少了一個要素。

「折紙……」

士道輕聲呼喚她的名字。

「唔……」

於是，十香或許是發現士道的舉動，也望向折紙的座位。

折紙是AST——以殲滅精靈為目的的部隊隊員，理所當然的，身為精靈的十香和折紙之間的感情絕對不好。不對，說是水火不容也不為過。

但是不知為什麼，十香看著空蕩蕩的座位，眼裡似乎蘊含了某種複雜的情感。

不過，那或許也是理所當然的事吧。士道像是在回應十香的話般輕輕點了點頭後，嘆了一口長氣，回想起最後一次看見折紙時的情況。

——前幾天，這個天宮市陷入了危機。

DEM Industry從衛星軌道上朝這座城鎮降下了搭載爆破魔法的人造衛星。

士道和精靈們在〈拉塔托斯克〉的協助之下，於千鈞一髮之際將它阻擋了下來，然而DEM Industry卻祭出最後的殺手鐧。

那便是從空中艦艇上朝天宮市投下一顆與搭載在人造衛星上的爆破魔法同等威力的炸彈。力量消耗殆盡的士道等人被逼入絕境，萬事休矣。

就在此時——天空出現了一名巫師，一擊便擊毀了那顆炸彈。

那名巫師就是折紙。

「那……究竟是……」

士道自問般喃喃自語後，將手抵在額頭上反覆思考。

正常來想，折紙拯救士道等人脫離了險境，就是這麼單純的事。只要當場高舉雙手表示歡欣之意，向折紙道謝就好。

不過，事態似乎沒那麼簡單就能了事。

折紙身上穿著的CR-Unit——並非她平常穿著的陸自ＡＳＴ制式採用裝備，而是DEM Industry

的東西。

那究竟是怎麼一回事？結果，折紙並沒有降落到士道等人的身邊，只留下意味深長的眼神便離開了。士道心想，下次見面時非得仔細詢問她事情的來龍去脈不可，然而……

就在此時，裝設在教室裡的擴音器響起了熟悉的鈴聲。

「……班會要開始了啊。」

原本在教室內外各處的學生們連忙坐回自己的位子上。士道望向窗外，看見幾名少年少女安全上壘，衝進逐漸關閉的校門內。

不過——那群人當中，仍舊不見折紙的身影。

「……她今天請假嗎？」

士道輕輕嘆了一口氣，氣息裡夾雜了失望——以及些許的安心。

話雖如此，這個問題也不能一直擺著不管。今天放學後，最好以探望的形式去折紙家拜訪看看吧。

正當士道思考著這種事情的時候，通稱小珠的岡峰珠惠班導師走進了教室。

起立、敬禮、坐下。結束平時的招呼後，小珠老師翻開點名簿。

「……好，大家早啊。今天也提起幹勁上課吧。」

說要提起幹勁，小珠老師的聲音聽來卻十分消沉。她將視線落在點名簿上。

看見小珠老師異於平常的沮喪模樣，班上的同學們互相使了眼色。

「咦……小珠是怎麼回事？」

「好像沒什麼精神耶。」

「啊，難不成是相親又失敗了嗎？」

「啊……」

同學們擅自想像的竊竊私語聲此起彼落。

不曉得小珠是否有聽見那些話，她唉聲嘆了一口氣。

「在點名之前，必須先通知大家一件悲傷的消息……」

小珠老師說完將眉毛皺成八字形。看見她那令人不安的模樣，班上同學們各個發出「果然……」的聲音。

「我早就千叮嚀萬囑咐，相親照不要打扮得太過用心嘛……」

「第一印象如果不好，確實有可能連見都不見妳一面，但如果落差太大也不行吧。」

「不過，有必要特地在班會發表這種事嗎？」

「咦～～那小珠到底要說什麼？」

「遇到結婚詐欺，全部財產被騙走之類的？」

「嗚哇啊，那也太悲慘了吧。」

大家你一言我一語地開始說長道短了起來。小珠像是要勸阻這種情況，故意清了清喉嚨後繼續說道：

「其實……鳶一同學她突然因為一些私人的原因，決定轉學了……」

「什麼……！」

聽見小珠老師說的話，士道不由得站起身來。他身邊的十香也瞪大了雙眼。

所有同學也露出驚訝的神情，但士道的反應還是太大，因此大家的視線都集中在他身上。

若是平常，這種情況會讓他感到不舒服。但士道現在根本沒有心情去在意那種事。他兩手撐在桌面，對小珠提出疑問：

「請……請等一下，妳說折紙嗎！這到底是怎麼回事？」

「就……就算你問我……我也不知道詳細情形啊。鳶一同學突然打電話來說要轉學，等一下會送必要的文件來……」

「怎麼這樣……」

士道無法隱藏內心的動搖，將手抵在額頭上。同學們開始在周遭竊竊私語。想必大家都對士道慌亂的模樣感到意外吧。不對，正確說來，大家或許是對士道不知情一事感到驚訝吧。

「所……所以……她到底要轉到哪一所學校？」

士道懇求似的繼續問道。只要知道學校的名稱，應該十分有可能請〈拉塔托斯克〉調查。

小珠似乎也感受到士道很拚命，便慌忙瀏覽夾在點名簿裡的文件，接著抬起頭來。

「那……那個啊……」

不過，她的表情染上了困惑之色。

「她……她只說是……英國的學校……」

「……！」

聽見這句話，士道嚥了一口口水。

◇

「嗚……嗚……嗚嘎啊啊啊啊啊啊啊啊啊啊！」

位於五河家隔壁的精靈公寓一室。

七罪將臉埋進枕頭高聲吶喊。

也不在意周遭到處飄散著灰塵，不停揮舞著手腳拍打床，偶爾像是回想起什麼事一般遮住臉龐，扭動身軀。簡直像是嚴重被惡魔附身，要不然就是藏在床底下的色情書刊被媽媽發現的男高中生。

「嗚……嗚咕……」

持續幾分鐘這樣的行為後，七罪精疲力盡地趴倒在床上。

話雖如此，她並不是發洩完了，只是單純胡鬧到累了而已。

七罪暫時等待體力回復後，慢慢坐起身子，望向擺在牆邊的全身鏡。

映照在鏡子裡的是一名個頭矮小、身材乾扁、神情陰沉的女孩。至少當初睡在士道身旁、全身散發出嬌豔女人味的那個大姊姊姿態已全然不復在。

這就是七罪本來的面貌。

「啊……真是的，為什麼我是這副德性啊。」

七罪胡亂搔了搔頭，再次倒向床。

話雖如此，七罪並不像過去那樣厭惡自己真實的面貌。

……不，當然說完全沒有不滿是騙人的。如果身高能再高一點、胸部再豐滿一點就好了，若要列舉不足的地方，可是會沒完沒了。

不過，這些自卑感跟稍久以前的七罪相比，可說是改善非常多了。七罪漸漸能夠接受過去厭惡至極的自己原本的面貌。

這全都多虧了士道和其他精靈的幫助。他們令七罪「變身」——更重要的是，他們「接受」了七罪。

七罪非常感謝他們。正因如此，七罪以自己的方式思考能不能做些事情回報他們。思考的結

果就是，總之先早起叫大家起床。

不過，事情進展得並不順利。

一開始潛進士道的房間，到此為止都還挺順利的。但一想到要叫醒士道的瞬間，一股莫名的緊張便壓上七罪的心頭。

就算此時此地叫醒士道，如果他問自己為什麼會在這裡，到底該怎麼回答才好？不，那當然是因為要來叫士道起床啊。但是士道很有可能再反問「為什麼」，不不，若是這樣倒也還好。如果士道有起床氣，可能會被罵吧……？不不不，更重要的是，搞不好他——

七罪正想著這些事情時，士道突然發出「唔……嗯……」的呻吟聲，同時翻過身來。

七罪的緊張感瞬間衝到最高點……等七罪發現時，她的身體已經變成理應遭到封印的成熟大姊姊了。

不可思議的是，改變的應該只有外表才對，然而變身成那副模樣後，心胸莫名地開闊了起來，該說是突然湧現自信吧……以往七罪不敢做的事情輕易便做到了。

具體而言，像是只穿著內衣褲躺在士道旁邊陪他睡覺、在他醒來時嚇他一跳、假哭騙琴里……之類的事情。

然後，順利逃過琴里的追殺，回到自己房間的七罪笑了一會兒之後，又變回原來的模樣——

「唔喔喔喔喔……」

就像這樣，陷入極度的自我厭惡當中。

她討厭自己內心如此脆弱，簡直柔弱無力、不堪一擊。照這樣看來，絹豆腐還比較強韌呢。

就在那一瞬間，門鈴叮咚一聲毫無預警地響起，令七罪抖了一下肩膀。而且從聲音聽來，並非公寓入口處的門鈴，而是設置在房間前面的門鈴。

由於受到太大的驚嚇，七罪差一點又要變成大人的模樣，但她將手擱在胸口，想辦法抑制悸動。之後，七罪調整完呼吸，不知為何躡手躡腳地走向玄關。

一瞬間，她還以為是士道或琴里追到公寓來了，但這兩人應該已經去上學了。那麼，究竟會是誰……

「誰……誰啊……？」

七罪站在玄關前戰戰兢兢地問道（莫名害怕去偷看貓眼），不久有一道細小的聲音回答。這棟公寓的房門似乎製造得十分堅固，以防萬一。但因為像對講機一樣具備了麥克風和擴音器的功能，隔著房門也可以跟外面的人對話。

「那……那個……我是四糸乃。」

「四糸奈也在喲～～」

「……！」

聽見預料之外的聲音，七罪皺起了眉頭。

話雖如此，卻也不是不認識聲音的主人。四糸乃，與七罪住在同一棟公寓的其中一名精靈。

她到底有什麼事呢？七罪歪著頭，打算伸出手觸碰門把。

不過，她看見映照在鞋櫃門上全身鏡的自己，愕然哽住了呼吸。由於到剛才為止她都在床上滾來滾去，早上特地梳理整齊的頭髮變得亂七八糟、慘不忍睹。或許是髮質的關係，一疏忽大意馬上就會像這樣變成一顆鳥窩頭。

「等……等一下！」

「咦？好……好的。」

隔著房門聽見四糸乃的回應後，七罪咚咚咚地在走廊上奔跑，衝進盥洗室裡，用一把大梳子重新梳理頭髮。

「好……好了！」

然後過了約三分鐘。七罪放下梳子，跑回玄關。當然，梳整的結果離滿意還差一大段距離，但這也無可奈何，至少總算是降伏了難看亂翹的頭髮。

七罪深深地呼吸一大口氣後，隨意穿上涼鞋，打開門。

與此同時，站在門外的嬌小少女低下頭。

「那個……早安，七罪。」

那是一名戴著一頂設計可愛的報童帽，左手套著兔子手偶的可愛少女。微捲的頭髮如海一般湛藍，雙眸像藍寶石一樣閃閃發光。

「Good morning，七罪～心情如何呀？」

接著，戴在四糸乃左手的手偶動作靈巧地向她打招呼。她是四糸乃的朋友「四糸奈」。

「啊……早……早安……」

七罪曖昧地移開視線，並且回應她們的問候……如果變成大人的模樣就能對她說：「早安呀，四糸乃還有四糸奈。到底怎麼啦？難道是想我了嗎？呀——七罪好感動～」然後給她一個擁抱……但對現在的七罪而言，這個行為難度太高了。接著持續了片刻的沉默。

——這種情況究竟該怎麼辦才好？難得對方特地來拜訪，自然說出「站著說話也不方便，進來吧。家裡有好喝的紅茶」，趕緊請人進門，是否才算是能幹的女人？不過，如果她要說的事情在門口就能解決，這樣或許反而會讓四糸乃有所顧慮。特地邀請人進門，泡完茶之後，結果三言兩語就了事。或許有人會覺得，談完事情後繼續開心地聊天不就好了，但那是能與別人自然對話、溝通能力強得像鬼的人所提出的自私主張。要是能做到那種事，七罪就不會呆呆站在門口沉默不語了。順帶一提，七罪也不太清楚擺在房間裡的各式紅茶，哪一種才好喝。

「欸～欸～七罪，一直站在這裡也不是辦法。我們可以進房間嗎？」

正當七罪的額頭冒出汗水感到苦惱時，「四糸奈」的嘴巴一張一闔地動了起來。及時救援得好啊。跟七罪不同，是個能幹的女人。

「四……四糸奈……！」

四糸乃出聲警告「四糸奈」，七罪連忙搖了搖頭。

「好……好啊，進來吧。不過沒什麼東西好招待妳們……」

「不好意思，七罪……」

「完……完全沒關係啦。其實我剛才正想請妳們進來呢……」

七罪發出高八度的聲音說完後，趕緊請四糸乃和「四糸奈」進房。四糸乃點了點頭，行過一禮後，將脫掉的鞋子擺放整齊，走進房間。順帶一提，七罪的鞋子則是呈八字形，脫了之後就放著不管。七罪覺得有些汗顏，偷偷地把自己的鞋子重新擺放整齊。

「妳……妳們去那邊坐吧。我現在就去泡茶……」

七罪催促四糸乃到客廳坐下後，從櫥櫃裡拿出房間備有的茶包放進杯子，再將水壺裡的熱水倒入茶杯。雖然房裡也有正統的茶葉，但七罪不太清楚該怎麼泡。

七罪將紅茶和隨意挑選的茶點端到客廳的桌上後，在四糸乃的對面坐了下來。

「請……請用……」

「不好意思……謝謝妳。」

四糸乃微微低下頭，啜飲了一口紅茶。七罪也同樣將嘴巴湊上茶杯。

「……」

「……」

然而，由於七罪和四糸乃兩人都不是那種會主動說話的個性，因此又開始陷入沉默。七罪流露出自己正在喝紅茶才無法說話的氣息，並且瞥了四糸乃一眼。

雖然順水推舟邀請四糸乃進房，但她來拜訪七罪究竟有何要事？七罪一點兒頭緒都沒有。

「……！」

然而，七罪卻在此時想到了一個可能性。

基本上，七罪在被士道封印靈力之前曾經引發事件，將士道和精靈們拖下水。雖然大家對當時的事情既往不咎……但就算有一個人裝作贊同其他人的意見，私底下卻對七罪懷恨在心也不足為奇。

再說，當時七罪幻化而成的是「四糸奈」……四糸乃獨一無二的朋友。要說她看準了士道和其他精靈去上學的空檔來報復七罪也一點都不奇怪。

「那個，七罪……？」

「噫！」

就在這時，四糸乃突然出聲攀談。七罪抖了一下肩膀，直接鑽到桌子底下。

「對……對不起，我……！」

七罪顫抖著身子，使桌子發出喀噠喀噠的聲響，同時如此說道。四糸乃和「四糸奈」便露出

困惑的神情，歪了歪頭。

「妳幹嘛道歉啊？啊！難不成妳在四糸乃喝的紅茶裡下了什麼藥嗎！」

「咦……什麼……？」

「啊啊！突然昏昏欲睡的四糸乃就這麼倒了下去。在朦朧的意識中，四糸乃最後看到的畫面是，露出好色的笑容、舔著嘴唇的七罪……歡迎來到百合的世界！」

「我……我才不會做那種事呢……！」

七罪忍不住抬起頭。不過由於她現在是鑽進桌子底下的狀態，因此頭猛烈地撞上桌子。

「好痛！」

「妳……妳還好嗎？七罪……！」

「啊……我……我沒事……」

七罪如此回答一臉擔憂的四糸乃之後，慢慢地從桌子底下出來。

不過再次多虧了「四糸奈」，七罪感覺稍微解除了一些緊張感。她靜靜地深呼吸後，對四糸乃提問：

「所……所以呢……妳找我有什麼事……？」

「呃……」七罪說完，四糸乃便一副難以啟齒的樣子含糊其辭，臉頰微微泛紅，移開了視線。但她又立刻像是鼓起勇氣般凝視七罪的眼睛，開啟她那小巧的唇瓣說：

「那個……七……七罪，妳剛住在這裡不久，應該不太了解……這個城鎮……」

此時，四糸乃像是要吞下緊張一樣，喉嚨發出咕嚕一聲後繼續說道：

「如果妳不介意……要不要我帶妳……四處逛逛……」

「咦……？」

聽見意想不到的話，七罪瞪大了雙眼。

不知道四糸乃是如何解讀七罪的反應，只見她慌張地揮了揮手。

「那……那個……我對這座城市也不是那麼熟悉，可能派不上什麼用場……但應該還能簡單地帶妳走走。呃，真的，如果妳不嫌麻煩……」

「……嗚……啊啊啊！」

七罪用雙手捂住眼睛聽四糸乃說話。理由很單純。因為四糸乃太過耀眼，以至於七罪無法直視她。

雖說只有一瞬間，但七罪竟然曾經懷疑四糸乃或許是來找自己復仇，她對自己有這種齷齪的想法感到厭惡。總覺得連自己汙穢的視線投射在四糸乃身上，都是一種不可原諒的褻瀆。

「那……那個，不好意思，我沒想到妳會那麼討厭……」

「……不是的。不是這樣的……該怎麼說呢，原諒我出生在這個世上……」

「七……七罪……？」

四糸乃一臉困惑地歪了歪頭。七罪慢慢地睜開眼睛後，總算能直視四糸乃，重新面對她了。

七罪的視線游移了一下後，輕聲說道：

「……那個，那麼……就麻煩妳了。」

「好……好的！」

七罪回答完，四糸乃便一臉欣喜地發出雀躍的聲音，露出天使般的笑容。七罪看見她這副模樣，差點又再次捂起雙眼。

「不過……妳為什麼要為了我這種人做到這種地步呢？」

七罪搔著臉頰，半是單純感到疑問半是掩飾害羞地如此詢問後，四糸乃便微微聳了聳肩，接著回答：

「因為我有一點……開心。平常這個時間，士道和十香他們都去上學了……所以我才想，如果妳住在這裡之後能一起大聊特聊就好了。而且，那個……」

四糸乃頓時滿臉通紅，然後繼續說道：

「因……因為……我們是朋友啊……」

四糸乃說完一臉害羞地緊緊閉上眼睛。看見她那副模樣，連七罪也不禁羞紅了臉。

「嗚哇……這孩子是怎麼回事，好想跟她結婚……」

「……咦！」

銘菓 きなこ

「哎呀？」

「……！」

由於四糸乃太過可愛，七罪情不自禁地向她求婚了。聽見七罪下意識脫口而出的話語，四糸乃抖了一下肩膀，而「四糸奈」則是摸了摸下巴。七罪連忙用力地搖搖頭。

「沒……沒什麼！話……話說回來，妳要帶我參觀城鎮吧！那我們走吧！快點走吧！立刻就出發！」

「呃……好……好的。」

七罪推著不知所措的四糸乃的背，離開了房間。

◇

『──您所撥的電話目前收不到訊號或是關機中，無法接通。請稍後再撥──』

「唔……」

來禪高中的校門前，聽見電話另一頭傳來的播報聲，士道緊咬牙根。

時間是九點三十分。學校當然還在上課，只是士道突然聽見折紙轉學的消息而感到坐立不安，便佯裝身體不適早退了。

十香雖然一臉擔憂的模樣……但士道最後還是決定將她留在學校。因為他認為在不知道折紙真正的心意之前，讓她跟精靈見面不太妥當。

士道想起最後見到折紙——穿著DEM CR-Unit的模樣，同時加重力道緊握住不斷重複冰冷播報聲的手機。

在班會上聽見折紙轉學的消息後，士道打了幾次電話給折紙，結果一次也沒有接通。

他切斷通話，將手機收進口袋，輕輕嘆了一口氣。

後悔和無力感逐漸染上他的心。即使看見穿著DEM裝備的折紙，士道心裡的某個角落依舊認為折紙會正常來上學。他從來沒想過，折紙有一天會在他的日常生活中缺席。

「唔——」

士道猛然抬起頭，拔腿奔跑。

目的地只有一個，那就是折紙家所在的公寓。雖然不知道折紙是否還在……但就算本人不在家，或許會遺留下什麼線索。總之，現在得盡快趕去才行。

「……！……！」

士道毫不在意肺部和腳部的疼痛，不斷奔跑著。因為他認為如果有一絲悠哉的心情，折紙便會離開他，到一個遙不可及的地方去。

不知道跑了多久，士道終於抵達折紙居住的公寓。

「呼……呼……」

一停下腳步，至今壓抑住的疲勞和悸動便一湧而上。士道先將雙手撐在膝蓋上，調整呼吸。

「拜託妳一定要在家……折紙。」

士道帶著祈禱的心情進入公寓大門後，在對講機上輸入折紙家的房號。

然而——無論經過多久都沒有人回應。反覆輸入兩三次，結果都一樣。她已經搬走了嗎……還是，只是不予理會呢？

當士道正在思考這種事情的時候，一名疑似住在這棟公寓的女性提著購物袋進了大門。

「……唔。」

士道離開對講機，背對那名女性，假裝是住在這裡的人檢查信箱。

接著，女性熟練地輸入號碼後，便穿過開啟的自動門進入公寓。

「……」

斜眼看著這幅景象的士道咕嘟一聲嚥了一口口水，等到女性的蹤影消失之後，在自動門關閉之前溜了進去。

「對不起，僅此一次……」

士道輕聲道歉，同時走在走廊上。

然後搭電梯上樓，來到折紙的房門前。

「……好。」

士道輕輕點了點頭後，按下設置在房門旁的對講機。

接著聽見房裡響起叮咚聲。

然而果不其然，房內沒有任何反應。士道敲著門說：

「折紙，是我。妳如果在家就回應我一聲。」

但是，沒有人回應。士道雖然覺得會是徒勞無功，仍將手湊上門把。

「嗯……？」

接著，士道皺起了眉頭。理由很單純。因為在轉動門把拉開門時的手感出乎意料地順暢。

「門……沒鎖？」

士道的腦海裡差點閃過一絲放棄的念頭，如今又射進一道微微的光芒。他下定決心後，一口氣用力打開門。

「折紙！」

然而——

士道微微萌芽的希望卻在一瞬間被拔除。

——被房裡空蕩蕩的景象拔除。

「什麼……」

士道瞪大雙眼，隨便脫下鞋子，進入房內。他跑去查看走廊、客廳以及寢室……結果都相同。不僅家具，連她到處精心布置用來防止別人入侵、逃跑的陷阱都完全清空了，沒有保留一絲一毫她曾在這裡生活過的痕跡。士道瞬間還以為自己走錯房間，來到了一間空屋。

「這是……怎麼回事啊……」

士道將手擱在頭上，無力地癱倒在地。

他並非沒有預想到這樣的結果，反而在離開學校飛奔到這裡的途中，腦海裡便不時閃過這最壞的可能性。不過，一旦這種情況真的化為了現實擺在眼前，士道便感到莫大的衝擊，內心一陣揪痛。

「折紙，妳到底……跑去哪裡了啊……」

不過，就算這麼做也沒有任何意義。士道用力抓了抓頭，在腳上施力，原地站起身來。

接著，朝下一個目的地邁進。

前往可能獲得折紙線索的地方——陸上自衛隊天宮駐防基地。

當然，闖進折紙自家公寓的方法不可能管用。國防樞紐自衛隊駐防基地以及ＡＳＴ的存在，一般市民根本不得而知，十之八九應該會聽都不聽自己說明來意，落得吃閉門羹的下場吧。

不過想不出到底還能去哪裡打聽，士道只能抓住這微小的可能性邁開步伐。

然而，已經決定下一個目的地的士道卻在走出公寓大門的瞬間，停下了腳步。

理由很單純。因為他看見公寓大門對面的巷口有一名少女的身影。

少女的特徵為一頭及肩的髮絲、白皙的肌膚，以及如洋娃娃般面無表情的容貌。

沒錯——她便是士道到處尋找的少女，鳶一折紙。

「折紙！」

士道大聲呼喊她的名字後，連忙奔向她的身邊，然後直接抓住她的雙肩。雖然也因為跑得太猛一時停不下來……但他也擔心如果不好好抓住她，她又會在不知不覺中消失到某個地方。

「妳到底去哪裡了！為什麼要突然轉學！家裡也空蕩蕩的——」

「……」

士道滔滔不絕地說著，只見折紙沉默不語地豎起一根手指。接著，她像是要打斷士道說話一般將食指抵在他的嘴唇上，目不轉睛地凝視著他。

然後——

「——我想跟你單獨談談，跟我來。」

折紙以冷靜的語調如此說完便鑽過士道的手，轉身走向小巷內。

「啊，折……折紙！」

即使士道呼喚她，她依舊沒有停下腳步，頭也不回地快步向前走。

「唔……」

士道微微皺起眉頭，輕輕拍了拍臉頰後，追上折紙。士道本來就是為了要向折紙問清楚才到處找她，這也是沒辦法的事。

不過無論走了多久，折紙都沒有停下腳步。兩人愈來愈深入巷子，四周的人影也愈來愈少。

「喂……折紙，妳到底要去哪裡啊？」

「馬上就到了。」

折紙看都不看士道一眼，只說了這句話，又繼續默默地往前走。

「……」

士道雖然覺得納悶，還是跟在她後頭。

於是──就在士道追著折紙的背影，彎過不知道是第幾個轉角時……

「咦……？」

他瞪大了雙眼。因為上一刻才剛彎進轉角的折紙，下一瞬間便消失了蹤影。

「折紙？妳到哪……──！」

瞬間──士道哽住了呼吸。

因為有人突然從背後抓住他，立刻用像是手帕的東西捂住他的口鼻。

「這……這是怎麼……！」

由於事發突然，士道吸了一大口氣。於是下一瞬間，一股刺鼻的味道衝上他的鼻腔，同時宛如地面劇烈搖晃般的感覺朝他襲來。

「唔……啊——」

視野扭曲、意識朦朧。不久，士道連站都覺得困難——當場昏倒在地。

第二章　燦爛的蓋迪亞

「──士道下落不明？」

在國中的教室裡，琴里的手機抵在耳邊，發出疑惑的聲音。

午休鐘聲一響，琴里的手機便接到〈佛拉克西納斯〉的來電。她感覺到不安的氣息，在轉瞬間將緞帶替換成黑色，接起電話──便聽見部下向她報告這個消息。

「這到底是怎麼回事？士道現在不是在學校嗎？」

『是……本來應該是這樣，但根據村雨分析官的報告，士道在第一節課開始之前，好像就早退了……』

「早退？」

『是的。向十香打探原因後，好像是因為鳶一折紙突然要轉學……』

「你說什麼……？」

琴里皺起眉頭。難以想像那個鳶一折紙會一聲不響地背著士道轉學。

不過──她心裡也並非沒有猜想到折紙這異常舉動的原因。沒錯，因為折紙最後現身在士道等人面前時，身上穿著ＤＥＭ的CR-Unit。

折紙以前為了保護士道，甚至不惜與ＤＥＭ為敵，但難以否定她可能與ＤＥＭ之間締結了某種祕密條約。

抑或是——也有可能被ＤＥＭ洗腦。應該說，正因為對象是那個DEM Industry，就算做出洗腦這種事情也不奇怪。

想必士道也和琴里有一樣的想法吧。他肯定感到坐立難安，跑去找折紙了。

「那個笨蛋……也不跟我們說一聲……」

琴里不耐煩地咂了嘴，壓低音量避免讓周圍的人聽見，接著說道：

「竟然挑在這種時機失蹤……太可疑了。最壞的情況下，也有可能被ＤＥＭ綁架了。十香她們呢？」

『是……十香、八舞姊妹還有美九，都在各自的學校裡吃午餐。七罪好像和四糸乃一起去逛街了。』

「這樣啊。雖然讓她們擔心也不好，但總不能一直蒙混下去吧。總之，全體人員都去追查士道的下落，我也會立刻回〈佛拉克西納斯〉。無論如此，都要在十香她們回家之前找出士道。」

『是！』

手機另一頭傳來部下的回應聲。琴里切斷通話後將手機收進口袋，背部離開牆面。

接著，她一邊替換綴帶一邊走向併桌吃著便當的朋友們身邊。

「啊，琴里。妳講完電話啦？」

「是誰打來的？妳哥哥嗎？」

朋友們如此問道。琴里露出似笑非笑的笑容，捂著肚子蹲在原地。

「唔……唔──」

「妳……妳怎麼了，琴里，還好嗎？」

「嗯，我身體好像有點不舒服……抱歉，我今天要早退……可以幫我跟老師說一聲嗎？」

「當然可以啊……妳還好吧？要去保健室嗎？」

「沒關係。那就拜託妳們了。」

琴里裝作一副痛苦的模樣，將書包拿在手中，以緩慢的步伐離開教室後──不是朝校舍擺放鞋櫃的出入口前進，而是走向屋頂。

◇

「……唔……」

士道輕聲呻吟，緩緩張開眼睛。

「這裡……是……」

視野一片模糊。士道試圖抬起右手搓揉眼睛——卻蹙起了眉頭。

右手無法動彈。不……正確來說，左右手的手腕像是被纏在背後，手臂無法繞到身體前面。

接著過了數十秒，在意識逐漸清醒當中，士道發現自己坐在椅子上，雙手被手銬銬在背後。而且對方十分謹慎地用繩子把士道的身體綁在椅子上，並且用釘子將椅腳固定在地板上。真是頑強的做法，可以窺見對方無論如何都不想讓士道逃跑的意圖。

「這到底是怎麼回事啊……」

所幸士道並沒有被遮住眼睛和塞住嘴巴。他抱怨似的低聲呢喃後，緩緩轉動脖子，環顧自己的所在地。

那是一個有如廢墟一角的陰暗空間。龜裂的牆面以及露出一部分鋼筋的天花板，看起來像是長久無人居住。

自己究竟為何會被人抓來這種地方？士道歪了歪頭，思考這最根本的問題——於是，他立刻想起自己在失去意識前所發生的事。

「對了，我追在折紙後頭……」

士道話說到一半，位於他前方的門扉便「嘰」的一聲打了開來。

聽見開門聲，士道反射性朝聲音來源看去，便看見折紙提著大波士頓包站在那裡。

「折紙！妳到底想幹什──」

士道說到一半，愕然屏住了呼吸。

「難不成，妳真的投靠了ＤＥＭ……？」

「……」

折紙一語不發地走到士道旁邊，將波士頓包放在地板上，開始翻找包包。

「妳……妳要幹嘛……！」

雖然不知道折紙究竟想拿出什麼東西，但如果她真的投靠了ＤＥＭ，勢必會對士道施加某種危害。手槍、小刀或是自白劑之類的物品……各式各樣的想像一瞬間竄過士道的腦海。

然而──

「──喝吧。」

「咦……？」

與士道預想的相反，折紙遞給士道的是礦泉水瓶。

「這……這是怎樣？」

「水。你不渴嗎？」

折紙在極其不自然的狀況之下，以無比自然的態度詢問士道。這突兀的感覺令士道不禁皺起眉頭。

他確實是口渴了，但他猶豫是否該輕易喝下綁架自己的對象所給的東西。士道對遞水給自己的折紙投以猜疑的視線。

接著，折紙或許是注意到士道的表情，只見她打開保特瓶的蓋子後含了一口瓶內的水。看樣子……似乎是想表達水裡並沒有加入毒藥之類的東西。

「……」

「……咦？」

不，不對。折紙並沒有將含在口中的水喝下，而是直接朝士道的嘴唇逼近。

沒錯。簡直就像要……嘴對嘴餵水一樣。

「等……等一下！我知道了！我喝！我喝就是了，妳正常餵我喝就好！」

「是嗎？」

折紙聽了士道說的話後，一口將水吞下，有些遺憾地這麼說了。然後，她將打開蓋子的保特瓶遞上前。

「喝吧。」

「……啊，好，那妳慢慢地——唔咕！」

折紙不把士道的話聽完，便將保特瓶瓶口塞進士道的嘴裡。強制性間接接吻。由於事發突然，士道根本無法反抗，就這麼將灌進嘴裡的水一口吞下。

「……」

確認士道喝下水後，折紙一臉滿足地收回手。接著不知為何，她再次舔了一次保特瓶瓶口後才蓋回蓋子。

雖然士道也非常在意她這個舉動……但是，算了，就別去在意了吧。士道嗆到般不斷咳嗽之後，再次望向折紙。

「……總之，我希望妳先放開我。」

「這我做不到。」

即使士道如此懇求，折紙仍然毫不留情地拒絕。

不過，士道早已料到她會有這種反應。他輕輕搖晃身體繼續說道：

「啊……我知道了、我知道了。那麼，可不可以至少先把繩子解開，把雙手銬到前面來？」

「對不起，我希望你暫時維持這個狀態。」

「拜託妳啦。我從剛才就超想上廁所，妳也不希望我在這裡尿褲子吧？」

「………」

結果，折紙默默地彎下腰翻找一下她的波士頓包後，再次拿出了一瓶保特瓶。

士道瞬間以為自己明明說想上廁所，她卻打算再讓自己喝水，但是——不對。士道馬上就察覺到了不對勁。因為折紙手上拿著的保特瓶裡，並沒有裝水。

折紙一邊打開空保特瓶的蓋子，一邊朝士道走來。

「喂……喂……？」

即使士道臉頰流下汗水這麼說了，折紙也沒有停下腳步。她將保特瓶放在地上之後，將手湊上士道的皮帶，並發出喀嚓喀嚓的聲響企圖解開皮帶。

「呀啊啊！呀啊啊啊啊！」

察覺折紙意圖的士道不斷扭動身軀，使椅子發出嘰軋聲。

「喂！我還是不上了！沒關係！」

「……是嗎？」

士道語帶慘叫地大聲吶喊後，折紙的語氣透露出些許遺憾，重新繫好皮帶。

「呼……呼……」

士道的肩膀上下晃動、氣喘吁吁，接著他深深呼吸了一口氣——等心跳漸趨平緩後，他面向折紙。

雖然有千言萬語想對她說……但現在那些話都不是重點。士道靜靜地說了：

「……折紙。」

「什麼事？」

「……妳……加入ＤＥＭ了嗎？」

「對。」

折紙泰然自若地回答。由於折紙表現得實在太過若無其事，令士道感到十分失望。

「竟然還回答對……妳知道那裡是個怎麼樣的地方嗎？」

「大概。」

「那妳為什麼——」

「——為了得到力量。」

「力量……？」

士道皺起了眉頭，於是折紙淡淡地開始訴說。

訴說她屢次違反命令，高層終於對她下達懲戒處分。

以及——為了繼續當巫師，只能投靠ＤＥＭ一事。

「就算是這樣……那也太危險了！」

「沒辦法——為了獲得打倒精靈的力量，我別無他法。」

折紙以平靜到令人訝異的語氣開啟雙唇。看見她那副模樣，士道無法再繼續多說什麼。

DEM Industry這間公司的事情，折紙恐怕比士道了解得還要深入。士道想得到的那些懊惱和痛苦老早就煙消雲散。即使如此——她還是選擇了現狀。不是拒絕也不是反駁，折紙那只是充滿淡漠的聲音，令士道感受到一種類似寒氣的感覺。

不過，可不能單方面被她的氣勢所震懾。士道清了清喉嚨重新打起精神，再度開口：

「……那麼，妳綁架我也是ＤＥＭ──那個威斯考特的指示嗎？他到底想把我怎麼樣？」

「……」

「把你帶來這裡，是我自己的決定。ＤＥＭ公司完全不知道這件事。」

士道如此說完，折紙便緩緩地搖了搖頭。

「咦……？」

士道的臉染上困惑之色。

「這是怎麼回事？妳為什麼要做這種事？」

「限制你的自由也並非我的本意。我感到很抱歉。」

折紙突然別開視線，繼續說道：

「不過，這是不得已的措施。為了不把你扯進來，這是最保險的做法。」

「等……等一下，妳在說什麼啊？為了不把我扯進來……？到底是什麼事啊！」

士道如此詢問，折紙便像是重新下定決心般握緊拳頭，開啟雙唇：

「──不將你扯進我和精靈之間的戰爭。」

「什麼……！」

士道震驚地瞪大雙眼。

「精……精靈，妳指的究竟是誰？」

「精靈……就是精靈。當然——」

折紙暫時頓住話語，輕輕吸了一口氣後繼續說道：

「——夜刀神十香等人也不例外。」

「……！」

士道屏住了呼吸。明明剛剛才喝過水，喉嚨卻異常乾渴。撲通、撲通，心臟跳動得愈發劇烈，甚至有種撼動全身的錯覺。

和精靈開戰。然後——消滅精靈。

仔細想想，從第一次遇見折紙的時候開始，她就一直這麼說了。折紙曾是以打倒精靈為目的的ＡＳＴ隊員，會說出這種話也不意外吧。當然，士道也聽過無數次她的這番言論。

然而——這是為什麼呢？

明明應該聽習慣的話語竟會令心臟如此揪痛。

「等……等一下，折紙！妳想消滅的是五年前殺死妳父母的精靈吧！跟十香她們無關吧！」

「——只要是精靈都一樣。她們很危險。為了不讓世上再次產生像我這種人，就不能允許她們存在。」

「什麼……！十香她們現在應該沒有精靈的反應才對！如果處於這樣的狀態，就沒必要針對十香她們，妳之前不也——」

「那是陸自高層的方針。離開ＡＳＴ的我沒必要遵守。」

「唔……！」

士道皺起臉孔呻吟。確實是如此沒錯。折紙當時說過，雖然這方針違背她的本意，但她只能遵從高層的指示。

仔細想想，折紙的行徑從頭到尾就沒有改變過。她討厭精靈、憎恨精靈，想殺掉精靈。

但是——士道強烈認為她這種行徑十分扭曲。

當然，士道不希望折紙與精靈開戰這點也是非常大的因素吧。不過，去除這項因素，士道仍然覺得折紙的言行舉止不太對勁。

士道勉強壓抑住想大叫出聲的衝動，以極為冷靜的聲音說道：

「……吶，折紙。十香轉到我們高中，已經有半年以上了吧。」

「……」

折紙默默地回望士道。她的視線表達出的意思，似乎跟不清楚士道要說什麼有些不同。

「時間過得真快呢。曾經和妳們廝殺的精靈，現在已經如此融入這個世界了呢。當然，不只十香，四糸乃、耶俱矢、夕弦、七罪，還有琴里和美九……所有人都想以『人類』的身分繼續生活下去。」

士道極力主張般繼續說道：

「折紙……妳觀察了她們這麼久的時間，還是認為她們沒有任何改變嗎？精靈就是精靈……她們的存在很危險，所以只能殺掉。妳還是要這麼說嗎……！」

「……！」

士道說完後，折紙第一次抽動了一下眉毛。

然後，就這麼踩著緩慢的步伐走向房間角落，舉起右手「砰！」的一聲用力捶打牆壁。

「……那種事，我當然知道。」

「折……折……？」

「不論是夜刀神十香還是其他精靈，全都一樣是精靈，是我報仇的對象——明明應該是這樣才對……」

折紙發出微微顫抖的聲音如此說完，獨白般繼續訴說：

「我無法接受自己的認知在跟她們一起度過日常生活當中漸漸改變。五年前的那一天，我明明發誓要報仇，自己卻逐漸習慣這樣的現狀……這讓我很害怕。」

折紙說完再次用拳頭捶打牆面。

「我之所以會加入ＤＥＭ，並不只是因為受到ＡＳＴ的懲戒處分，也是因為自己察覺到了現狀——開始容許日常生活中有夜刀神十香存在的自己。」

「為……」

士道瞪大雙眼，話哽在喉嚨。

「為什麼——那樣不行啊！妳自己不也很清楚嗎！十香她們只是想平凡地生活下去！」

「……不行。只要她們還是精靈，我就不能允許。」

折紙將拳頭移開牆面後，踩著緩慢的步伐背對士道。

「我要殺死的不只是精靈，還有在不知不覺中差點就要受到感情牽絆的……自己。我要以夜刀神十香的性命——找回我自己。」

折紙說完走出房間。伴隨著啪噠一聲關上門扉，隨後牆壁的一部分便紛紛掉下建材碎片。

「等一下！折紙！妳別走啊！」

士道拚命大聲吶喊並扭動著身軀。只是謹慎施加的重重束縛，看來並沒辦法那麼容易地掙脫開來。

然而即使如此，也不能就此放棄。再這樣下去，折紙和十香她們將免不了一戰。

「可惡……！折紙！折紙！」

士道用盡吃奶的力氣晃動著身體，聲嘶力竭地大聲吼叫。

◇

「——艾克，這樣好嗎？任她如此擅作主張。」

位於東天宮的飯店最上層的套房，艾蓮·米拉·梅瑟斯靜靜地如此說道。

這名少女擁有一頭淺色金髮及碧眼，雪白的肌膚和纖瘦的四肢令人印象深刻。然而，她身上散發出來的氣息，卻不像外表特徵給人一種深閨大小姐的夢幻感覺，而是一名身經百戰的武人。

「沒關係。」

不過，面對艾蓮坐在沙發上的男子卻絲毫不被她的氣息所震懾，以輕鬆的口吻回答她。

「我確實還打算觀察她一陣子，不過難得本人都提起幹勁了，沒必要特地去打壓年輕巫師的氣勢吧。不過，畢竟才剛發生『那種事情』嘛。要疏通自衛隊，塞的錢可得比平常多才行呢。」

他是一名年約三十五歲的年輕男子，擁有一頭黯淡的灰金色頭髮以及刀刃般銳利的雙眸。他那充滿幽暗的陰森眼瞳，讓見到他的人們有種不知他葫蘆裡賣的是什麼藥的不安感。

艾薩克·雷·貝拉姆·威斯考特爵士。他是舉世聞名的大企業DEM Industry的執行董事。

「那種事情……啊。」

聽見威斯考特說的話，艾蓮的口氣透露出些許不悅。

不過那也無可厚非。畢竟前幾天因為ＤＥＭ公司董事會的陰謀，人造衛星差點就砸到威斯考特和艾蓮兩人的頭上。

事態好不容易平息，包含主謀羅傑·梅鐸在內的董事會成員全在本國遭到拘捕……但艾蓮對於威斯考特至今仍未給予他們具體的處罰一事感到不滿。

或許是察覺到艾蓮的心情，威斯考特故作姿態地聳了聳肩，繼續說道：

「當然，我並不打算完全推翻我過去的方針。不過，想要各種實例的參考資料也是事實。難得聚集了那麼多的精靈，很有可能得到一兩個靈魂結晶吧？」

威斯考特說完，將嘴角彎成微笑的形狀。

「而且，我剛好也想要〈莫德雷德〉的實戰資料。我們的目的終究還是精靈，只是擊落掉下來的炸彈，根本無法測量它的實力。妳難道不想看看她能幹到什麼地步嗎？不過，如果她發揮了超越我們期待的能力——我們搞不好還得在她消滅全部的精靈之前阻止她呢。」

威斯考特回望艾蓮的視線，接著如此說道。艾蓮輕輕嘆了一口氣，點了點頭。

威斯考特確實說得沒錯。艾蓮也想事先掌握她——鳶一折紙的能力。

雖然留有ＡＳＴ時代的戰績和資料，但那終究只是使用ＡＳＴ配備的制式採用裝備的成果。穿上DEM Industry最新的CR-Unit〈莫德雷德〉——艾蓮的〈潘德拉剛〉姊妹機，折紙究竟能和精靈戰到何種程度，艾蓮確實對這件事頗感興趣。畢竟她是被挖角來輔助艾蓮完成以後的任務。

「我知道了。這次我就退居幕後吧。」

艾蓮簡短說完，威斯考特便嘻嘻竊笑。

「妳好像不服氣呢。」

「不，沒那回事。」

「妳說謊的時候會微微皺起眉頭，所以我馬上就知道了。」

「……！」

艾蓮嚇了一跳，連忙用右手觸摸眉心。不過……並沒有產生皺紋。

也許是看著艾蓮這副模樣，威斯考特神情愉快地笑了。

「我說笑的。」

「……」

艾蓮將手放回原來的位置後，這次很明顯地擺出一副不滿的表情，望向威斯考特。

「哈哈，不要那麼生氣嘛，我可愛的艾蓮。這次我希望妳以其他目標為對象。」

「……其他目標？」

艾蓮一臉疑惑地問道。「沒錯。」於是威斯考特點了點頭回答：

「如果鳶一折紙盯上〈公主〉(Princess)等人，他們肯定會插手干涉吧？」

艾蓮聽了威斯考特說的話，臉頰抽動了一下。

「──〈拉塔托斯克〉。」

「正是如此。」

威斯考特點了點頭。

沒錯。待在這座城鎮的精靈們並非偶然聚集於此，而是在保護精靈的組織──〈拉塔托斯克機構〉的庇護下，安置在這裡。

而且威斯考特知道〈拉塔托斯克〉會監視保護精靈、對應空間震災害，以及擁有一艘空中艦艇來當作對抗企圖殲滅、捕捉精靈的ＤＥＭ的戰力。

如果鳶一折紙要對付精靈，他們勢必會出手阻撓。再說，前ＤＥＭ公司實力排行第二的崇宮真那，目前正屬於〈拉塔托斯克〉的成員。若是由她出馬，折紙根本甭談要對付精靈了。

「也就是說，您要我對付真那？」

艾蓮詢問後，威斯考特緩緩地搖了搖頭。

「不是。」

「？那麼，您究竟要？」

「我昨天聯絡了總公司，要他們送〈蓋迪亞(Goetia)〉過來。」

「……！」

聽見威斯考特說的話，艾蓮瞪大了雙眼。

然後，立刻察覺到威斯考特的意圖。

「——您要我阻止整艘〈拉塔托斯克〉的戰艦嗎？」

「好在妳理解能力夠強。」

威斯考特揚起嘴角冷冷一笑。

「在或美島作戰、日本分公司一戰，以及前陣子的人造衛星一事——背後全都牽涉到〈拉塔托斯克〉的空中艦艇。這次那艘艦艇肯定也會多管閒事吧。不過……關於最後一件事，我搞不好還得向他們道謝呢。」

威斯考特打趣似的聳了聳肩如此說道。不過，艾蓮面不改色地回應：

「——這樣真的可以嗎？一旦使用了〈蓋迪亞〉，便無法手下留情。最後可能不只是阻止這麼簡單喔。」

「嗯。這件事交由妳全權負責，愛怎麼做就怎麼做吧。如果他們因此而墜毀，就代表他們的艦艇也不過如此而已。」

艾蓮深深地點了頭回應威斯考特。

◇

沒有士道陪伴，就這麼上完一整天的課。放學後，原本早晨晴朗的天空，現在也轉為快要下雨的陰天。再加上夕陽開始西沉的關係，四周已經一片昏暗。

在這樣的天色下，十香與隔壁班的八舞姊妹一同朝五河家隔壁的公寓邁進。

「哼，不過，士道竟然這樣子就早退，還真是軟弱吶。看來吾得稍微重新鍛鍊鍛鍊他了。」

「同意。真是不堪一擊的小孬孬。決定從明天開始要他練跑。」

後方依序傳來耶俱矢和夕弦的聲音。十香一邊走一邊輕輕回頭望向後方，於是看見兩名長相一模一樣的少女並肩走著。

走在右邊、表情充滿自信的少女是八舞耶俱矢；而走在左邊，一臉睡眼惺忪的少女則是八舞夕弦。這兩名雙胞胎精靈乍看之下幾乎無從辨別……但只要將視線稍微移向下方，就能看見顯而易見的體型差別。

「妳們別這麼說嘛。士道這麼做，一定有他的理由。」

十香說完，耶俱矢和夕弦便同時聳了聳肩。

「哈哈，吾明白，吾不過是在說笑。但是吾真心認為他最好稍微鍛鍊一下。」

「提問。對了，我聽說折紙大師轉學了。士道會早退，跟這件事有關係嗎？」

夕弦歪著頭問道。十香一臉困擾地緊皺眉頭。

「唔……的確，士道一聽說那傢伙轉學之後，就馬上不見人影了。可能有關喔。」

聽見十香說的話，耶俱矢和夕弦從鼻間發出「哼哼」兩聲。

「呵呵……果然如此嗎？事有蹊蹺喔。」

「肯定。有陰謀的味道。」

「蹊蹺？沒有聞到黃豆粉的味道啊（註：蹊蹺原文為きなくさい，發音近黃豆粉）。」

「不，不是那樣啦……」

十香歪著頭說完，耶俱矢便搔了搔臉頰，額頭同時流下汗水。不知為何，耶俱矢偶爾會改變說話語氣。

十香等人一邊走一邊聊著這樣的話題，不久便看見她們居住的精靈公寓。

「唔？」

就在此時，十香停止了腳步。因為有一名少女站在公寓的隔壁——士道家門前。

那是一名身穿水手服的高眺少女，微風輕撫著她藍紫色的髮絲。少女擁有如模特兒般肉感的身材比例，以及可愛的容貌。不過，她現在卻露出一臉無趣的鬱悶表情。

「——啊！」

那名少女似乎也發現了十香三人，原本顯得陰鬱的表情瞬間變開朗，張開雙手立刻跑向十香她們。

「十香～～耶俱矢～～夕弦～～！」

「……！」

十香、耶俱矢以及夕弦在瞬間察覺到危險，當場躲開。不過少女依舊衝勁不減，猛向前衝，於是形成一把抱住電線杆的畫面。

「唔！討厭，妳們幹嘛躲開啦～～」

少女說著嘛起嘴，維持有如緊抱住樹木不放的無尾熊姿勢，發出不滿的聲音。

她的聲音猶如清脆鈴聲般悅耳。這也難怪，因為少女是龍膽寺女子學院的學生，同時也是現在日本人氣破錶的偶像，誘宵美九本人。

「沒有啦，應該先問妳幹嘛衝過來吧！」

「咦咦？當然是要抱妳們啊～～這是表達愛情的方式呀～～」

十香吶喊著問道，美九便表現出一副理所當然的樣子回答。

「是……是這樣嗎？」

「當然是啊～～大家都這麼做啊～～來，十香也來抱一個。」

美九說著離開電線杆，朝十香張開雙手。看見她那落落大方的模樣，十香漸漸覺得她說的話好像是正確的。

「唔……嗯……」

不過就在此時，她的雙肩被人從後方緊緊抓住。

「不……不要被騙了，吾之眷屬啊！」

「警告。有說謊的味道。」

「……！果……果然是假的嗎！」

十香愕然驚覺，抖了一下肩膀並停下腳步。美九一臉遺憾地把眉毛彎成八字形。

「啊～怎麼這樣嘛～～不用擔心，人家也會給耶俱矢和夕弦妳們兩個熱情的擁抱～～」

「沒人拜託汝這麼做！」

「戰慄。我感到人身安全受到威脅。」

耶俱矢和夕弦各自摟著自己的肩膀向後退。看見她們兩人的模樣，美九便「啊哈哈」地大笑出聲。

「唔……話說回來，美九，妳剛才在這裡幹什麼啊？」

十香如此詢問，美九眨了眨眼，接著像是想起什麼事般捶了一下手心。

「對了、對了。就是呀～～因為放學了，我跑來達令家玩，可是沒有人在，害人家無聊死了～我也跑去拜訪了隔壁公寓，大家好像都不在～～」

美九一臉無趣地如此說道。十香和八舞姊妹三人聽了面面相覷。

「？發生什麼事了嗎？」

「呃……士道還沒回家嗎？」

「是啊～～人家按了好幾次門鈴，都沒有人回應～～琴里好像也不在家呢～～」

「……哼，搞不好真的跟折紙的事情有關吶。」

「同意。可能有什麼內情。」

「真是的！也跟人家說明一下嘛！到底發生了什麼事？」

八舞姊妹將手擱在下巴交談。美九見狀又一臉不滿地嘟起嘴唇。

「唔，唔……其實啊……」

十香大致說明了一下狀況。於是片刻之間，美九表現出些許的緊張感以及滿溢的好奇心。

「唔嗯，那確實很奇怪呢……達令可能有危險了。」

「妳……妳說危險？這是什麼意思？」

聽見這令人不安的話，十香流下汗水，於是美九豎起一根手指繼續說道：

「妳想想看。首先，達令為了追尋折紙的下落而早退，這個推斷應該沒有錯。那麼，他這麼晚還沒有回到家，就代表……」

「……？應該只是還沒有找到鳶一折紙吧？」

聽見十香的回答，美九搖了搖頭。

「如果是這樣，至少會聯絡一聲吧。也就是說……達令可能反過來被折紙抓住，被她用舌頭攻擊！」

「什麼……！」

三人瞪大雙眼。難不成——士道現在正遭受這種對待！

不過就折紙平常的行為看來，也無法斷定這只是玩笑話。三人嚇得直打哆嗦。

「不能這樣下去！我們馬上去找達令吧！」

美九說完精神奕奕地舉起拳頭。十香和八舞姊妹也跟著舉起右手，大聲呼喊：「喔！」

然而——就在這一瞬間……

——嗚嗚嗚嗚嗚嗚嗚嗚嗚嗚嗚嗚嗚嗚嗚嗚嗚嗚嗚嗚嗚嗚嗚嗚嗚嗚嗚嗚嗚嗚——

四周一帶響起了尖銳的警報聲。

「唔，這是……」

「空間震警報……」

美九露出嚴肅的表情呢喃。

不過這也難怪。因為警報聲響起，便意味著她們必須停止尋找士道。

所謂的空間震，顧名思義就是指空間的地震，是一種發生在世界各地的突發性災害——雖然沒有公開，但像十香等人這樣的精靈出現，被視為造成空間震的原因。

「呵……出現新的精靈了嗎？」

「好奇。不知道是什麼樣的精靈。」

八舞姊妹興味盎然地撫摸著下巴說道。不過，美九猛力搖了搖頭像是在勸戒她們的舉動。

「妳們兩個這樣不行啦。空間震警報響起的話，得乖乖去避難所避難才行。」

「唔……本……本宮知道啦。只是說看看罷了。」

「可惜。沒辦法，去避難吧。」

耶俱矢與夕弦心不甘情不願地點點頭，朝附近的避難所走去。

「唔……唔……可是士道他……」

然而，十香卻緊皺眉頭感到困惑。

警報一響就必須去避難。這一點她知道。不過，士道或許遭遇到了危險。要是等到空間震平息下來，士道搞不好早已被折紙舔遍全身上下了。十香左右為難，站在原地沒有移動腳步。

就在這時——

「——沒那個必要。」

一道沉著的聲音從背後傳來。

「唔……？」

十香感到納悶並回過頭——接著瞪大了眼睛。

因為站在她面前的，正是早上才通知轉學消息的鳶一折紙本人。

「鳶一折紙……？妳這傢伙，為什麼會在這裡？」

「哦？想不到汝竟會主動現身吶。是領悟到在吾之魔眼前，躲躲藏藏也是徒勞無功嗎？」

「驚嘆。折紙大師，妳真的要轉學嗎？」

「啊～～折紙，達令沒跟妳在一起嗎？」

「……」

即使大家妳一言我一語地提出疑問，折紙仍然未做出任何回答。她只是靜靜地——以冰凍般的冷漠視線狠狠瞪視著她們四人。

感受到折紙的視線，十香眉頭深鎖，再度開口詢問：

「……所以，妳說不需要避難是什麼意思？」

「空間震，不會發生。」

「什麼？」

聽見折紙說的話，十香歪了歪頭。

「這不是空間震警報嗎？大家都去避難了喔。」

十香張開手示意四周的情況並如此說道。周圍的居民們聽見空間震警報後，急急忙忙地衝出家門，跑向附近的避難所。

然而折紙只是不發一語——彷彿在等待附近的居民全都遠離——持續凝視著十香等人，接著終於開口：

「這個警報，是我要求播放的。實際上，精靈和ＡＳＴ都不會出現。」

「妳說什麼……？妳到底為什麼要這樣做——」

十香詢問後，折紙便再度依序環視十香等人的臉，深呼吸令心情平靜下來，並從口袋拿出類似兵藉名牌的東西，輕輕抵在額頭上。

「——為了……在這裡……打倒妳們。」

瞬間，折紙的身體發出淡淡的光芒，接著便著裝上巫師的盔甲——CR-Unit。

以深灰色構成的前衛外形。呈Ｘ字形展開的推進器以及裝備在腰間的巨大武器，為其最大的特徵。

那並非折紙平常穿著的ＡＳＴ制式採用裝備。雖然武裝的種類明顯不同，但看起來十分類似DEM Industry的巫師——艾蓮．梅瑟斯的裝備。

「什麼……！」

看見折紙突如其來的舉動，十香等人無不發出驚愕聲。不過折紙並不予理會，伸出右手擺到面前。於是，原本佩戴於折紙腰間的武器配合她的動作，變形、展開，掌握在她的手中。

那是一具大約有折紙身高那麼長的巨大長型魔力砲。折紙以單手架住它，毫不遲疑地扣下扳機。砲門內部發出耀眼的光芒，旋即朝十香等人釋放出驚人的魔力洪流。

「唔──」

十香哽住呼吸，轉瞬間扛起美九的身體，跳向左方。在同樣的時間點，八舞姊妹也朝地面一踹，跳到上方。

下一瞬間，十香等人前一秒所站的地方便被折紙釋放的魔力砲完全剷平。以折紙的位置為起點，一直線將柏油路、水泥牆全轟飛。

要是遲個幾秒跳開，十香等人恐怕會像牆面一樣灰飛煙滅吧。十香瞥了一眼接觸到砲擊的髮尾後，狠狠瞪視折紙。

「妳……妳幹嘛突然攻擊人啊！很危險耶！」

「我應該說過。我要打倒妳們──精靈。」

折紙以冷酷的聲音如此說完，將砲門對準十香和美九。她的眼神裡不見一絲迷惘和遲疑。與平常的折紙不同，那是點綴了純粹的敵意和殺意的視線。這不尋常的狀況令十香不禁倒抽了一口氣。

「……！」

不──不對。十香換了念頭緊咬牙根。十香以前也曾見過這樣的折紙。

距今半年多前，在十香邂逅士道之前，每當她現身在這個世界便會攻擊她的AST爲一折紙

當時的眼神就跟現在一樣。將自己的存在全寄託在憎恨精靈、厭惡精靈、殺死精靈的少女。現在的折紙，就是當時的她。

沒錯。由於常常在學校見面，所以至今未曾發現，在這半年內折紙有了明顯的改變。當然，想必士道這個存在也是很大的因素吧——她對十香和八舞姊妹的憎恨，悄悄但確實地已與一開始有所不同。

如今卻——

「為什麼——妳為什麼又變回當初的妳了啊，鳶一折紙！」

「……」

即使十香大聲吶喊，折紙也完全不以為意。她默默無語地打算再次扣下扳機。

「唔……！」

十香試圖再次抱著美九跳躍，然而為時已晚。在十香行動之前，折紙的手指搶先一步動作。

不過那一瞬間，原本瞄準十香的砲口突然朝上方移動。

十香立刻就知道了理由。因為在第一發砲擊時逃到上方的八舞姊妹，顯現限定靈裝從天空攻擊折紙。

濃密的魔力光束朝天空釋放而去。而八舞姊妹在空中一個轉身，於千鈞一髮之際閃過。

「呵呵，虧汝竟然能察覺吶！」

「佩服。不愧是折紙大師。」

耶俱矢和夕弦在空中翻轉一圈後，像是要保護十香和美九般降落到折紙面前，然後擺出帥氣的姿勢，將手裡拿著的天使〈颶風騎士(Raphael)〉指向折紙。

「好了，本宮就姑且聽汝解釋吧，折紙。這個玩笑未免開得太過火了。」

「責問。請妳回答，折紙大師。我不想和妳交手。」

「我沒必要……回答妳們。」

說時遲，那時快，折紙將魔力砲改為可變動式後，它的前端便出現了一把以魔力構成的巨大劍刃。折紙直接揮舞那把光劍，朝八舞姊妹猛攻而去。想必是發動隨意領域推動自己的身體，沒有任何預備動作便突然加速。若是普通人，甚至無法應付那個舉動，早就被一刀砍中了吧。

不過，折紙現在面對的是以擁有精靈當中最高機動力為傲的八舞姊妹。兩人閃過那一擊後，開始與折紙刀刃相接。

然而戰況絕稱不上是占上風。折紙恐怕擴大了隨意領域，妨礙八舞姊妹的行動。兩人逐漸被折紙壓制住。

「唔——美九，要去幫忙那兩人囉！」

「好……好的！」

再這樣下去，八舞姊妹就危險了。如此思考的瞬間，一道光芒纏繞住十香的身體，化為靈裝

的形狀。

「〈鏖殺公(Sandalphon)〉……！」

十香高聲吶喊，向前方伸出右手。於是光之粒子聚集在虛空之中，顯現出十香的天使。〈鏖殺公〉——能夠劈開萬物的最強之劍。

同時，折紙的周圍出現了好幾根銀管，隨後四周便開始響起音樂。是美九。她顯現出和十香以及八舞姊妹相同的限定靈裝與天使〈破軍歌姬(Gabriel)〉，彈奏光之鍵盤，開始演奏流麗的樂曲。

「〈破軍歌姬〉——【輪旋曲(Rondo)】！」

「……！」

折紙微微皺起眉頭。美九的天使〈破軍歌姬〉發出來的「聲音」，牽制住折紙的身體。

她們並不打算殺死折紙，只是這樣下去沒辦法好好說話也是不爭的事實。十香和飛舞在空中的八舞姊妹看了彼此，配合時機從三個方向同時朝折紙撲過去。

「喝啊啊啊啊啊！」

十香舉起〈鏖殺公〉朝折紙一揮而下。同時，耶俱矢的長矛從右上方；夕弦的靈擺則是從左上方逼向折紙。

無處可逃，時機恰到好處。就算是身著DEM裝備的折紙，遭受天使同時攻擊，也不可能毫髮無傷。

然而──

「──喝啊！」

「……！」

折紙發出裂帛般清厲的咆哮聲，這瞬間原本立於折紙周圍的銀管呈放射狀被震飛。同時，十香自己的身體也產生了宛如被隱形的手抓住的錯覺。

「什麼……！」

這種感覺似曾相識。沒錯。與被艾蓮．梅瑟斯施展出的超濃度隨意領域牽制時的感覺十分類似。彷彿被扔進高黏度的泥沼中，手腳無法隨意移動，連呼吸也變得困難。

話雖如此，那種感覺並沒有維持太久。換算成時間，頂多三秒吧。

不過在這短短的三秒之內，便逆轉了十香等人和折紙的立場。

「──！」

折紙將魔力注入光劍，劍光一閃。

「唔……！」

「唔啊！」

「悔恨。唔咕！」

雖然用劍勉強擋下劍擊，卻無法完全抵銷衝擊。十香、耶俱矢以及夕弦發出悶哼聲，分別被震飛到三個方向。

「咳咳……咳咳……」

「妳……妳們三個，還好嗎！」

背後傳來美九透露出擔心的聲音。不過，三人無法回應美九。理由很單純。因為震飛十香等人的折紙沒有一絲大意，朝她們投以銳利的視線。

若是移開視線一瞬間，恐怕下一秒十香的首級就飛在空中了吧。十香真心這麼認為。

——折紙她是真心想要殺掉十香她們。

剛才折紙主張的那些話語現在終於化為實際感受，滲透進身體的每個角落。

然後現在，折紙擁有實現那些話的能力。

——擊昏她，度過這個難關；手下留情，饒她一命，和她好好溝通。十香發現數分鐘前的自己想法是多麼天真。

現在在眼前的，是擁有一定要至對方於死地的意志以及對等的實力，最難對付的最強敵人。

不殺了她——就會被殺。

理應在半年多以前捨棄的戰場常識。那冰冷的感覺刺痛了十香的心。

「……！」

不過，十香嚥下一口口水。

即使察覺到這一點，十香依舊無意殺死折紙。

——在這半年內改變的不只是折紙。十香現在終於發現了。在共同度過的這段時間內，她對折紙的厭惡和敵意，已經轉變為不同於一開始的另一種東西。

「——汝在幹什麼啊，十香！」

「……！」

耳邊突然傳來耶俱矢的聲音，十香愕然抖了一下肩膀。在十香思考事情的一瞬間，折紙趁機逼近到她眼前。

「呼——」

「咕……啊……！」

毫不留情的一擊朝十香襲來。原本應該是絕對鎧甲的靈裝被劈成兩半，鮮血四濺。

◇

「空間震警報……！周圍的靈波反應呢？」

在天宮市上空一萬五千公尺飄浮的空中艦艇〈佛拉克西納斯〉的艦橋上，披著深紅色外套的琴里揚聲詢問。

從〈佛拉克西納斯〉上尋找失蹤的士道行蹤時，天宮市突然響起空間震警報。

「並……並沒有在周圍偵測出明顯的靈波反應！」

於艦橋下方操作偵測裝置的箕輪大聲答覆。

聽見意料之中的回答，琴里皺起了眉頭。〈佛拉克西納斯〉裝載著世界最高等級的靈波偵測裝置，不可能比陸自的裝置遜色。既然如此，這是——

「誤報……嗎？」

「……不，擅自如此斷定或許很危險。」

像是在回應琴里的人是眼睛下方有兩團深深的黑眼圈，睡眼惺忪的女子。她是〈拉塔托斯克〉的分析官，同時也是琴里的好友，村雨令音。

「怎麼說？」

「……妳回想看看。上上個月，小士企圖入侵DEM日本分公司時，也像現在一樣響起了空間震警報。」

琴里聽了令音說的話，抽動了一下眉毛。的確，只需DEM或是陸自高層的一己之見，就有可能鳴響警報。

「也就是說——是要驅趕人群？他們打算做什麼必須讓這一帶居民避難的事嗎？」

「……這個可能性非常大。至少一開始就斷定只是誤報，這種想法很危險。」

令音說得沒錯。琴里豎起嘴裡含著的加倍佳糖果棒後，對艦橋下方下令：

「立刻調查警報範圍內的狀況。調動一部分用來搜索士道的自動感應攝影機和雷達——」

琴里話才說到一半，艦橋便響起刺耳的警報聲。

「……！發生什麼事了！」

「報告司令！這……這是因為——在司令自家附近，偵測到強烈的魔力反應！十香她們也在那裡！」

「你說什麼？快開啟影像！」

「是……！」

「什麼……！」

在船員操作控制檯的同時，艦橋的主螢幕顯現出熟悉的住宅區風景。

然而看見那個影像後，琴里全身發抖，屏住了呼吸。

那也難怪。因為螢幕上顯示的是十香、八舞姊妹、美九和——身穿DEM CR-Unit的鳶一折紙，在五河家門前對峙的畫面。

「鳶一折紙……！她怎麼會在那種地方！」

很明顯的，她們並不是心平氣和地在閒話家常。實際上，在琴里揚聲說完話後，折紙便立刻開始攻擊十香等人。

「唔——」

「好……好驚人的魔力數值！與以往的她根本無可比擬！沒有裝備完全靈裝的十香她們恐怕沒有勝算……！」

艦橋下方傳來川越語帶慘叫的聲音。琴里憤恨不平地皺起臉孔。

她不知道DEM和折紙之間發生了什麼事。不過唯一能確定的是，十香她們現在正瀕臨危機。琴里高舉右手指向前方，扯開嗓子說道：

「〈佛拉克西納斯〉全速前進！接十香她們回艦上！如果有困難，就展開〈世界樹之葉(Yggd Folium)〉，掩護她們！」

「了解！」

船員們齊聲回答，同時微微震動艦橋的驅動音逐漸變大。於是，〈佛拉克西納斯〉將航道變更為朝琴里家的方向——

「……！」

就在那一瞬間，一股強烈的衝擊阻止了艦艇的行動。

「怎麼回事！」

「是……是從外部來的攻擊！縮小百分之三十隨意領域！」

「……！三點鐘方向出現敵人的影子！這是——空中艦艇！」

「你說什麼……！」

琴里吶喊的同時，主螢幕顯現出一艘巨大艦艇的影像。

正確來說——是原本空無一物的空間突然扭曲，從中出現空中艦艇。

話雖如此，巨大的鐵塊當然不可能憑空出現。想必對方也和〈佛拉克西納斯〉一樣，展開了隱形迷彩吧。

「這是……」

看見顯現在螢幕上的艦艇，琴里頓時啞然失聲。

那是一艘擁有與〈佛拉克西納斯〉同等尺寸的流線型船體，以及白金的裝甲上隨處點綴著有如貴金屬加工般裝飾的美麗艦艇。

只要這世上能製造出顯現裝置的公司只有兩家，那麼這恐怕是DEM的艦艇吧。不過，這艘艦艇跟琴里等人以往所見過的兩艘艦艇感覺十分不同。若將以往的兩艘艦艇視為戰鬥用兵器，那麼現在位於〈佛拉克西納斯〉眼前的這艘艦艇，外觀就宛如量身打造來讓位居高位的人物乘坐的正式艦艇。

然而琴里搖了搖頭，像是在否定自己的想法。

空中艦艇是以顯現裝置產生的恒常隨意領域使巨大的船體飄浮在天空中，是還不能在「表面」世界的文明史中登場的存在。就算像馬車一樣裝飾得美侖美奐，也無法公開展示吧。而基本上，就算ＤＥＭ公司再怎麼特立獨行，也不會派出純觀賞用的艦艇來攻擊〈佛拉克西納斯〉。

儘管它的外表再怎麼不搭調——現在飄浮在眼前的，無疑是DEM Industry帶著必殺的意志派來的毀滅使者。

「嘖，偏偏在這個時候！」

不對……是故意挑在這個時候……吧。琴里緊咬牙根。難以想像現身在精靈們面前的折紙，和這艘空中艦艇沒有任何因果關係。恐怕是算準了琴里他們會去救助十香等人，為了阻止這件事發生，才事先在空中等待他們自投羅網吧。

雖然操作隨意領域能施展隱形迷彩，讓船體和周圍的風景融為一體，但只限於靜止在原地時才能充分發揮這個機能。如果展開迷彩開始航行，周圍的風景看起來會有一點扭曲。

正當琴里一臉悔恨地咬牙切齒時，擴音器突然鈴聲大作。

「到……到底發生什麼事了！」

琴里出聲詢問後，艦橋下方的椎崎便操作控制檯——接著一臉訝異地屏住呼吸。

「這是……通訊！該艦連結進〈佛拉克西納斯〉的通訊回路！」

「通訊……？」

琴里一臉疑惑地皺緊眉頭回應：

「接進來。」

「是！」

椎崎回答的同時，螢幕上打開視窗，顯現出一名年輕少女的身影。一頭代表歐美人的淺色金髮，以及一雙碧眼。從她凜然的表情中可以窺見她對自己擁有絕對的自信。

『——我們是第一次見面吧？感謝妳願意回應我的通訊。』

少女以一口流利的日文如此說道。看見她的模樣，琴里不由得屏住了呼吸。

「……艾蓮．梅瑟斯……！」

沒錯。畫面上顯示出的正是DEM Industry第二執行部的巫師，艾蓮．M．梅瑟斯。

「什麼……！」

接著便傳來位於艦橋下方的船員們一齊屏息的聲音。

不過，這也是理所當然的事。因為顯示在螢幕上的，是擁有與精靈旗鼓相當的力量，被喻為人類最強的巫師，同時也是被特別標記為最重要警戒對象的少女。

艾蓮抽動了一下眉尾。

『妳認識我嗎？真是我的榮幸呢——五河琴里。』

接著像是回敬一般，艾蓮呼喚了琴里的名字。對方大概想表達自己也調查過琴里了吧。與看似優雅的外表相反，她是個好勝的女人。琴里從鼻間哼了一聲，瞪視艾蓮。

「……是啊，有意見嗎？像我這樣的國中生裝作一副司令官的模樣，礙著妳了嗎？」

『怎麼會呢，個人的能力跟外貌和年齡無關。我只是對妳以往妨礙我們作戰行動的本領表示敬意罷了，並沒有挖苦的意思。』

艾蓮正經百八地回答。琴里猜不透她的意圖，微微瞇起雙眼。

「那真是多謝了。所以呢，世界最強的巫師大人，找我們究竟有何貴幹？如果要邀我們喝茶，可以等一下再說嗎？我們現在忙得很。因為好像有個缺德企業的不良社員，正對我們家的孩子們出手呢。」

即使琴里語帶諷刺地說了，艾蓮仍面不改色。她以淡淡的語氣回答琴里的疑問：

『有兩件事。一件事是──我給你們三分鐘的時間，要命的人現在馬上離開這艘艦艇。』

「妳說什麼……？」

聽見艾蓮說的話，琴里透露出更銳利的目光，從鼻間哼了一聲。

「難不成，妳要說妳打算擊落這艘〈佛拉克西納斯〉嗎？」

『不能否定最後的結果可能會變成那樣。不過，〈佛拉克西納斯〉……是這艘艦艇的名字嗎？原來如此，叫世界樹啊，還真有品味。是艾略特取的吧。』

聽見艾蓮提起的名字，琴里微微睜大了雙眼。

因為那是〈拉塔托斯克〉的創始者，同時也是〈拉塔托斯克〉決策代表──圓桌會議議長，艾略特．鮑德溫．伍德曼的名字。

不過，現在有更需要擔心的事。琴里憤恨不平地吐出一口氣，露出射殺般的眼神狠狠瞪向畫面上的敵人。

「妳是不是有點太小看〈佛拉克西納斯〉了？」

『恕我直言，妳才是低估了這艘〈蓋迪亞〉的性能──還有我的力量吧？』

「……」

艾蓮的聲音果然還是聽不出一絲戲謔的語氣。她是真心認為自己的艦艇勝過這艘〈佛拉克西納斯〉──集結亞斯格特技術精髓於一身的空中艦艇。

「哦……那麼妳為什麼打算特地減少我們船員的數量呢？就我聽來，妳是怕這樣下去會沒有勝算才故意耍嘴皮子，想削減我們的戰力吧？」

『因為那關係到第二件事。』

艾蓮泰然自若地如此說道。絲毫不肯動搖的對象。琴里不耐煩地咂了咂嘴後，繼續說道：

「……是嗎？所以，第二件事是什麼？」

琴里說完，艾蓮便吐了一口長氣，深深點了點頭。

『這個嘛，我想拜託順利逃脫這場戰役的人傳話給艾略特。』

「傳話？」

『是的。』

艾蓮靜靜地點了點頭後——她原本平板的語調第一次顯露出感情。

『——艾略特、艾略特，你這個叛徒、違背我們誓約的背約者。覺悟吧。不管你藏在哪裡，我絕對會把你找出來，讓你人頭落地。』

「……！」

聽見從先前艾蓮表現出的態度難以想像的激烈語氣，琴里不禁屏住了呼吸。

艾蓮清了清喉嚨後，又回到之前若無其事的表情望向琴里。

『我說完了。那麼，我等你們三分鐘。請逃離吧。』

「……她這麼說喔。」

聽完艾蓮說的話，琴里放眼望向艦橋下方的船員並如此說道。

「敵人是人類最強。想逃的人就逃，沒關係。」

琴里並沒有說笑，一本正經地宣布。

於是，船員們一瞬間抖了一下肩膀後，全體揚起嘴角訕笑。

「——怎麼可能啊。如果現在要逃，當初就不會追隨司令了。」

「是啊，丟下司令逃跑，跟死有什麼兩樣。」

「就是說啊。誰管她是什麼人類最強，讓她見識我們的實力吧。」

「請下達指示吧，司令。遺書我早就寫好了。」

「我……我也是，已經事先在家裡的電腦D槽動了手腳，當我死了以後，裡面的資料就會被刪除……！」

船員們你一言我一語地說道。

此時，站在艦長席後方的神無月深深地點點頭，接著說道：

「當然不會逃。不過，臨陣脫逃被司令懲罰這個選項也難以割捨呢。」

「……」

琴里一語不發地踩了神無月一腳。後方傳來「呀喔！」沉醉的奇特聲音。

琴里哼了一聲，輕輕吐了一口氣後面向螢幕。

「——結果就是這樣。」

『是嗎？真可惜。』

艾蓮嘴上這麼說，表情看來卻沒有那麼遺憾。琴里猛然舉起手，氣勢凜然地對艦橋下方發號施令：

「並聯啟動AR-008三號機到六號機！開始填充魔力，準備〈銀槲之劍(Mistilteinn)〉！目標三點鐘方向！DEM空中艦艇——〈蓋迪亞〉！」

「了解！」

琴里一聲令下，船員們立刻齊步操作起控制檯。

或許是看見他們的反應，艾蓮倏地瞇起雙眼，躺上椅子。不對——說是椅子，形狀倒有點不太一樣。那是一台放置傾斜、類似氧氣艙的器材，看起來像科幻電影裡會出現的睡眠裝置，要不然就是金屬製棺木。

然後，頭部戴著類似頭戴式耳機麥克風的東西。琴里曾經看過這個裝置。那是以人腦代替空中艦艇控制型顯現裝置的Unit。雖然形狀不同，但〈佛拉克西納斯〉裡也配備著同樣的裝置。

『——五河琴里，我還以為妳是個更能冷靜判斷情況的人呢。雖然沒有血緣關係，但妳果然是五河士道的妹妹呢。』

「這是最棒的讚美了。」

琴里嗤之以鼻地說完便操作手邊的控制檯，強制結束通訊。

「展開〈世界樹之葉〉一號到十二機！——神無月！」

「是！」

琴里一呼喚名字，站在艦長席旁邊待命的〈佛拉克西納斯〉副艦長神無月恭平便立刻回應。

「對手是最強的巫師喲。為了慎重起見，你先去準備準備。」

「我早料到您會這麼說了。」

神無月如此回答。琴里往後方瞥了一眼後，便看見神無月早已戴上了頭戴式耳機麥克風站在那裡。

琴里莞爾一笑，用手指夾起含在嘴裡的加倍佳糖果棒，啵的一聲從嘴巴裡抽出來。

「我們沒時間奉陪到底！速戰速決，盡快趕去十香她們身邊！」

「是！」

「魔力填充完畢，〈銀槲之劍〉隨時可以射擊！」

「敵艦〈蓋迪亞〉沒有任何動作！」

聽見船員的報告，琴里嘖的一聲咂了嘴。戰爭已經開打，她為何遲遲沒有動作？敵人也沒有樂天到交涉已經決裂還規規距距地等三分鐘吧。如果對方不是蠢到家的笨蛋——肯定是表示讓我方先行攻擊的意思吧。

倘若真是如此，就讓對方看扁了。琴里將加倍佳棒棒糖猛力指向畫面上的敵艦。

「〈銀槲之劍〉——射擊！」

在琴里的聲音響徹艦橋的同時，耀眼的光芒便從裝置於〈佛拉克西納斯〉前方的砲門裡迸發而出。

那是並聯啟動配備在艦艇上的大型顯現裝置所生成的龐大魔力塊，一道能將碰到的東西全部化為塵埃的毀滅之光。時機抓得非常完美，憑巨大空中艦艇的動作肯定無法完全閃避開來吧。

當然，既然對方的艦艇也有隨意領域護身，琴里也不認為這會成為決定勝負的一擊。有本事做出在空中靜止這種挑釁的舉動，對方肯定對隨意領域的強度有著十足的自信吧。

不過率先攻擊取得主導權，對空中艦艇之間的戰爭擁有非常大的意義。就算能稍微削減對方的隨意領域也有其意義存在。只要對方將防禦性隨意領域集中在艦艇前方，防止我方的砲擊，那麼我方也能選擇將剛才發射到空中的〈世界樹之葉〉水雷化，從後方進行爆破攻擊這個方法。

無論如何，現在起只能攻擊了。如果艾蓮真的打算擊落〈佛拉克西納斯〉，就不會在一開始突擊之後進行通訊，而是一口氣連續發動攻擊。

——然而……

「什麼……！」

下一瞬間，琴里不由得瞪大了眼睛。

在〈銀槲之劍〉的光束即將觸碰到〈蓋迪亞〉時，〈蓋迪亞〉竟以不可置信的速度朝左方移動，在千鈞一髮之際避開了砲擊。

在正常狀態下難以想像的軌道，既非前進、後退，也不是旋轉，而是水平移動，宛如將棋盤上的棋子滑到隔壁方格般極為不自然的動作。

「剛才那是……怎麼回事……！」

「……唔。看來對方是將包覆艦艇的隨意領域厚度削減到極致，以提高機動性吧。而且，剛才的動作恐怕是利用隨意領域來推動船體。」

「那種事情辦得到嗎！」

「雖然沒有試過，但就理論上而言並非不可能。梅瑟斯不愧經驗老道啊。」

神無月搓揉著下巴說道。琴里「砰！」的一聲猛力拍打艦長席的扶手。

「現在不是佩服她的時候吧！對方要進攻了喔！」

在琴里大聲吶喊的同時，〈蓋迪亞〉再次描繪著不自然的軌跡逼近〈佛拉克西納斯〉，速度之快，令人難以想像它是艘空中艦艇。

「唔——將隨意領域轉為防禦性！以防衝擊！」

「是！」

下一瞬間，裝設於〈蓋迪亞〉前端的砲門便發射砲擊，立刻擊中包覆〈佛拉克西納斯〉的隨意領域，魔力光如火花般四濺。

「嘖……很有一套嘛。將〈世界樹之葉〉設定為水雷模式！攻擊〈蓋迪亞〉的背後！」

必須在對方採取攻擊之前反擊不可。琴里對艦橋下方發號施令。

〈世界樹之葉〉設置於〈佛拉克西納斯〉的後部，正如其名是個猶如葉狀的Unit，是各自搭載著獨立的顯現裝置，可由母艦遠端操控展開隨意領域的汎用兵器。小至轉播通訊，大至攻擊敵人，用途十分廣泛。這種兵器的存在，也是亞斯格特公司所製造的空中艦艇〈佛拉克西納斯〉最大的特徵。

「了——……！」

不過，馬上便發生了異常狀況。船員正要答覆的瞬間，艦橋響起刺耳的警報聲。

「發生什麼事了！」

「這是……敵艦要再次發射砲擊了！」

「你說什麼——」

琴里屏住呼吸的瞬間，〈蓋迪亞〉的前端閃爍出一道光芒，隨後〈佛拉克西納斯〉的艦橋便一陣天搖地動。

「唔……！」

琴里緊咬牙根，瞪視畫面中的〈蓋迪亞〉。

不用說，空中艦艇主要的武器當然是魔力砲；利用顯現裝置輸出魔力，發射砲擊。雖然基本上也有搭載機關槍等武器，但在以隨意領域護身的空中艦艇之間的爭戰，可說幾乎派不上用場。

首先最重要的，是得削減對方的隨意領域。如此一來，除了〈世界樹之葉〉這種特殊武器之外，選擇攻擊的方式最多就僅限於以魔力砲發射砲擊，或是提高隨意領域的強度衝撞敵方。

所以〈蓋迪亞〉所採取的戰術十分正統。除了——那異常驚人的速度之外。

「離第一次砲擊過後還不到十秒，就再次發射砲擊……？怎麼可能，敵艦是裝備了何種顯現裝置才能做到……！」

沒錯。如果不並聯啟動顯現裝置生成魔力，基本上應該無法連續發射主砲。就連〈佛拉克西納斯〉不管再怎麼快，也需要三十秒的時間才能進行下一次砲擊。

既然如此，只要增加生成魔力的顯現裝置數量就好……但也不能這樣做。如果只是單純增加生成的數量，處理能力仍有極限，必須十分有效率地運用——

「……嘖！」

琴里悻悻然地咂了嘴。艦艇異樣的驅動、魔力砲的連續發射，這些全都跟剛才看到的艾蓮・梅瑟斯的模樣有所關聯。

顯現裝置本身的性能雖然能以人稱〈阿休克羅夫特-β〉的新型裝置來縮短差距，但這方面目前仍是〈拉塔托斯克〉占優勢吧。

所以，DEM公司才會以別的方法來彌補性能上的差距。

不僅能像〈佛拉克西納斯〉一樣，在緊急時刻運用處理能力，並且還在一開始就將人腦的處理能力計算在內以達成有效率的運用，是一艘純粹的「戰鬥艦」。

這是必須要有艾蓮這個人類最強的巫師才能成立的一種犯規技巧。

當然，對腦部負擔是平常的CR-Unit無可比擬的。想必即使是艾蓮也無法長時間連續航行。

然而現在這一瞬間，位於〈佛拉克西納斯〉眼前的不是需要複數的人掌舵的笨重空中艦艇——而是裝備超大型CR-Unit的「艾蓮・M・梅瑟斯」本身。

「司令！左舷隨意領域已達極限值！」

「嘖……」

琴里望向手邊的個人螢幕。隨意領域的一部分確實嚴重受損。

「再度展開隨意領域！再次填充〈銀槲之劍〉，動作快！」

「了……了解！」

「——神無月！」

「是！」

神無月察覺琴里的意圖，露出銳利的視線。轉瞬間，〈世界樹之葉〉以猛烈速度翱翔天際。

現在操作〈世界樹之葉〉的並非〈佛拉克西納斯〉的控制型顯現裝置，而是站在艦長席後方的副艦長神無月。

〈世界樹之葉〉飛舞於空中四散開來，包圍住〈蓋迪亞〉，然後再一齊擴大以葉子為中心產生的隨意領域範圍。

沒錯。在空中建造包圍住〈蓋迪亞〉的「牢籠」。

「司令，趁現在。」

「好，〈銀槲之劍〉——射擊！」

琴里將加倍佳指向〈蓋迪亞〉後，大聲吶喊。彷彿回應琴里的聲音一般，再次填充完畢的收束魔力砲〈銀槲之劍〉便在空中描繪出一條光線。

前方以魔力砲攻擊。就算敵艦想閃避砲擊，周圍還有水雷化的〈世界樹之葉〉在等候。〈蓋迪亞〉再怎麼神通廣大，這下也逃不掉了吧。

然而在釋放出〈銀槲之劍〉的瞬間，〈蓋迪亞〉竟朝砲擊的方向筆直前進，隨後在即將觸碰到砲擊之前傾斜船身，讓船體上方摩擦〈世界樹之葉〉隨意領域，閃過〈銀槲之劍〉的一擊。

「什麼……！」

當然，水雷化的〈世界樹之葉〉感應到衝擊，引發劇烈的爆炸——然而〈蓋迪亞〉依舊完好如初。恐怕是將包覆船體的隨意領域集中在一點，撐過爆炸了吧。

「那個女人，膽子也太大了吧……！」

琴里氣憤地咬牙切齒。只要操作稍有錯誤，恐怕艦艇就被炸得粉碎了吧。那是非常冒險的戰略。若以正常的方式來思考，應該會朝砲擊攻來的方向展開防禦性隨意領域，擋下攻擊。

實際上，琴里在對手採取那個行動的瞬間，正打算下令用〈世界樹之葉〉展開追擊。這場爾虞我詐，似乎是艾蓮得勝了。艾蓮就是看穿了琴里的計策才會下如此危險的賭注——

「嘖……」

琴里想到這裡，皺起了臉孔。

那個女人一點都不認為剛才的行動是賭注，只是單純以「自己不可能辦不到」這種傲慢的想法，理所當然似的避開了砲擊。

「！〈蓋迪亞〉過來了！」

艦橋下方的幹本驚聲吶喊。閃過〈銀槲之劍〉的〈蓋迪亞〉筆直朝這裡衝過來。

「唔，快迴避——」

「請放心，司令。」

戴著頭戴式耳機麥克風的神無月一走到艦長席旁邊之後，立刻彈了一個響指。

瞬間，原先應該被〈蓋迪亞〉避開的〈銀槲之劍〉的砲擊，在〈蓋迪亞〉的後方掉頭，又轉回原來的方向。

「啊……！」

琴里一時之間還反應不過來發生了什麼事，但隨後便理解了。

〈蓋迪亞〉的後方飄浮著無數個展開隨意領域的〈世界樹之葉〉。操作它們的隨意領域，硬是彎曲了魔力砲的軌道。

敵艦似乎沒料到這個舉動。〈銀槲之劍〉在毫無防備的〈蓋迪亞〉後方爆破，引起爆炸。

對喔。對方若是怪物，我方也有一名怪物。琴里仰望著站在艦長席旁的高眺男子，輕輕嘆了口氣。

「……真有你的，神無月。」

「不敢當。畢竟不能讓這棵美麗的世界樹身上留下傷痕嘛。再說——」

「再說？」

「比起受到攻擊，我認為司令還是攻擊別人比較有魅力！」

神無月緊握拳頭如此吶喊。於是，琴里唉聲嘆了一口氣。

然而——

「……！司令！〈蓋迪亞〉它！」

聽見中津川大聲叫喊，琴里抖了一下肩膀。

——原本應該受到〈銀槲之劍〉正面攻擊的〈蓋迪亞〉，正朝著〈佛拉克西納斯〉的艦橋猛衝而來。

「什麼……！」

〈蓋迪亞〉收束魔力，釋放砲擊。

〈佛拉克西納斯〉的艦橋主螢幕上呈現一片刺眼的光芒。

第三章　天使

時間回溯到幾十分鐘前。

被綁在椅子上的士道在廢墟中拚命晃動身體。

「唔，快鬆開啊……！」

即使用手臂使勁撞擊椅子，金屬製手銬也不可能因此就鬆開。同樣的，以釘子固定在地板上的椅子也文風不動。

「可惡……！明明現在就不是該做這種事情的時候……！折紙！折紙！」

即使士道大聲吶喊，也沒有人回應。他只能空虛地聽著自己的聲音撞擊到牆壁的回音，愁眉苦臉。

士道不知道這個廢墟究竟位於城市的哪一帶，但是周圍完全感覺不到其他人的氣息。能聽見的，頂多只是被風吹得嘰嘎作響的門聲，以及偶爾從遠處傳來的汽車喇叭聲。

不過，這或許也是理所當然吧。畢竟這裡是那個折紙選定、準備的監禁場所，不可能那麼輕易就被人發現。

不過……這並非意味著絕望。

經過和折紙長時間的相處，士道理解折紙的思考方式。他認為折紙不會選擇「絕對沒有人經過的地方」來作為監禁士道的場所。

理由很單純。因為如果知道這個地方的人只有折紙，萬一折紙有個三長兩短，就沒有人能拯救士道。

當然也有可能準備經過一定時間後，就會發信將士道的所在地通知學校或警察的程式。不過，士道認為折紙應該會考慮以不讓自己餓死的時間——兩天或三天就有人經過一次的頻率，來作為最起碼的保險。

尤其這次的情況，折紙的目的是為了不將士道捲入她和精靈們之間的戰爭。所以只要今天一天能將士道困在這裡，應該就沒問題了。

既然如此——那兩三天會經過這裡一次的「某人」，搞不好會臨時起意。士道賭上這微小的可能性，持續不斷呼喊：

「來人啊！有沒有人在！」

現在只能相信折紙了。士道忽視喉嚨的疼痛，不斷大聲吶喊。

可是不管他再怎麼喊叫，傳來的依舊只有自己的回音。

「唔……」

至少能聯絡到別人就好，但理所當然的，手機已經被折紙沒收。士道下落不明，琴里他們應該也會尋找自己才對，但他們的動作未免太慢。

「可惡，到底該怎麼辦才好……」

正當士道明知徒勞無功，仍然劇烈晃動身體的瞬間——

「咦……？」

從某處傳來椅子吱嘎作響以外的聲音，令士道瞪大了雙眼。

他停止動作、側耳傾聽。於是，他聽出那道聲音是從前方門扉的另一頭傳來的細微腳步聲。

「……！有……有人在嗎！」

天助我也。士道心想絕不能錯過這次的機會並大聲吶喊。結果，那道腳步聲的主人似乎察覺到他的呼喊，緩緩接近，在囚禁士道的房門前停下腳步。

不過——

看見開啟門扉，令生鏽的鉸鏈吱嘎作響的那名人物的容貌後，士道原本因放心而鬆懈下來的表情再度被緊張所支配。

「折……折紙……！」

沒錯。站在那裡的，正是將士道束縛在這裡的罪魁禍首，不久前才離開這裡的鳶一折紙小姐本人。

「……」

折紙打開門之後，一語不發地朝士道走來。

士道雖然一瞬間嚇了一跳，但馬上又換了念頭般搖搖頭。

「折紙——妳回來了啊。」

「……」

即使士道詢問，折紙也沒有回答。她維持步調走向士道，站到他面前。

「折紙……？」

看見折紙默默無語，士道皺起了眉頭——

「妳——」

突然閃過腦海裡的可能性，令他屏住了呼吸。

士道一開始還以為折紙在半途改變心意，回到士道的身邊。他擅自如此斷定。

不過冷靜思考過後，他清楚明白是自己想得太天真，太一廂情願。

沒錯。她，鳶一折紙，這名比任何人都還律己、擁有堅強意志的少女，不可能沒來由地改變心意。

既然如此，她為什麼會回到這裡？

可能的原因只有兩個。

一個是發生某種問題，令她不得不回到士道身邊。

然後，另一個就是——

——她已經達成目的。

「……！」

士道嚥下一口口水後，望向折紙的眼睛。

「折紙，妳為什麼……回來了？」

「……」

折紙不予回應，只是默默地回望士道的眼睛。

望著她那讀不出感情的冷漠表情，士道的呼吸愈來愈急促。心跳加快，喉嚨莫名乾渴。

「難……難不成，妳……」

士道顫抖著聲音如此說了，折紙第一次表現反應。

不過，她既不否定也不肯定，只是靜靜地揚起嘴角——彎成冷笑的形狀。

「……什麼——」

看見她的表情，士道感到心臟一陣揪痛。

不過那也是理所當然的事，因為現在站在士道面前的是鳶一折紙，是一名平常表情就缺乏變化，與她美麗的外表相輔相成，甚至被形容成有如洋娃娃的少女。即使有時會皺眉、露出喜悅的表情，但士道從未見過她像這樣露出明確的「笑容」。

或許正因如此，士道無法從他第一次目睹的折紙表情中解讀出她的情感。

「妳……為什麼……要笑啊……折紙……」

士道詢問後，折紙的笑意更深了，像是忍俊不禁一樣開始抖動身體。

「呵——呵呵……呵呵呵！」

然後，笑聲漸漸變大。

「呵呵！啊哈哈！哈哈……啊哈哈哈哈哈哈哈哈哈哈哈哈哈！」

「折……紙……？」

折紙扭動身體哈哈大笑。看見這異常的光景，士道只是怔怔地呼喚她的名字。

士道不明白她的笑聲代表了什麼含意。不過，他十分清楚現在在他眼前的，不是平常的折紙。看見她那非比尋常的模樣，士道的心臟愈跳愈劇烈。

——然而，他馬上就發現了異樣。

他覺得折紙……未免笑得太誇張了。

「嘻！嘻！嘻！嘻！你那是什麼表情啊！你那是什麼表情啊！啊哈哈哈哈！笑死我了！笑死我了！啊～～好難受！」

「……折紙？」

士道瞇起雙眼低聲呢喃，臉頰滴下汗水。折紙她……正躺在地上捧腹大笑。因為動作太過激烈，內褲偶爾還隱約從裙底露出來。是白色的。

正當折紙哈哈大笑時，剛才折紙進來的門扉再次開啟，一名少女走進屋內。

那名女孩戴著裝飾可愛的報童帽，左手套著一隻兔子手偶，身材十分嬌小。看見她的身影，士道不由自主地大叫出聲：

「四糸乃！」

「是……是的……你沒事吧，士道？」

四糸乃一臉擔憂地說道。左手的「四糸奈」也配合她一張一闔地開口：

「哎呀～～你完全被綁票了耶～～好了，四糸乃，這是個大好機會喔。現在的話，可以盡情對士道上下其手喔。」

「……！」

四糸乃臉頰泛紅，捂住「四糸奈」的嘴巴。

雖然士道也很在意「四糸奈」不妥的發言，但現在不是時候。士道揚聲說道：

「四糸乃，快逃！現在的折紙不正常！」

士道不知道為何四糸乃會在這裡。但他十分清楚，四糸乃出現在先前揚言要殺死精靈而離開這裡的折紙面前有多麼危險。

不過，四糸乃不停眨著她的大眼，朝現在仍滾在地上大笑的折紙看去。

然後一點也不害怕模樣異常的折紙，靜靜地開口說道：

「呃……我覺得已經夠了喔……」

「呵……呵呵……嘻嘻……嘻……」

四糸乃說完，折紙總算調整呼吸，從原地坐起身。接著撩起她凌亂的劉海後，突然露出狂妄的笑容。下一瞬間，她的身體便開始發出淡淡的光芒。

「什麼──」

士道呆愣得直瞪眼，接著折紙的輪廓愈變愈小──化為熟悉的少女姿態。

「七罪！」

沒錯。出現在那裡的，是今天早上叫士道起床的精靈七罪──真正的模樣。看樣子，剛才的折紙是七罪變身而成的，怪不得言行舉止那麼古怪。

那個折紙是冒牌貨以及兩人平安無事這兩件事，讓士道心裡的石頭暫時落了地，吐出安心的氣息。不過，不曉得七罪是怎麼解讀士道嘆的這口氣，只見她眉頭深鎖，看向士道。

「……怎麼，你有意見嗎？不高興我來這裡嗎？」

「不，怎麼會呢……話說回來，妳們兩個怎麼會來這種地方？」

士道詢問後，四糸乃和七罪妳看我、我看妳，然後開口：

「那個……我帶七罪出來逛街……」

「途中看見你不知道為什麼跟折紙走在一起。結果，四糸乃在意得不得了，我們就尾隨在你們後頭——」

「七……七罪……」

四糸乃一臉害羞地拉了拉七罪的衣角，結果七罪也突然「啊！」的一聲，臉紅了起來，抓住四糸乃的衣角。害羞的兩人揪住彼此的衣服……總覺得這幅情景有點不可思議。

「總……總之，我得救了！拜託，可以幫我解開這個手銬和繩子嗎？」

士道說完，兩人再次看了彼此，接著點了點頭，繞到士道的身後。然後開始擺弄手銬、試圖解開繩結。然而——

「士……士道……手銬沒有鑰匙嗎……？」

「嗚哇，這繩子是怎樣啊？綑綁的方式超複雜，而且繩結還用黏著劑固定住……」

看來他似乎低估了折紙。士道是很感謝兩人特地來救自己，但這樣狀況根本沒有任何改變。

不過就在這個時候，七罪用力拍了拍自己的胸脯。

「沒辦法了，這裡就交給我吧。」

「咦？妳打算怎麼做？」

「等我一下。」

七罪說完閉上眼睛，佇立原地沉默了一段時間。

數秒後，七罪的表情漸漸變得糾結，隨後像是在抓撓喉嚨般不斷動著手指──接著突然瞪大雙眼。

「──吵死了，你這個混帳──────！」

七罪發出莫名其妙的怒吼聲。於是那一瞬間，束縛住士道身體的繩子和手銬發出淡淡的光芒，變化成軟綿綿的棉花。

「這……這是……！」

士道驚愕地瞪大雙眼，將雙手移到身體前方。

「七罪，妳是怎麼恢復靈力的？」

士道提出疑問後，七罪便神情疲憊地用手擦拭額頭的汗水，並且吐了一口氣。

「嗯……我發現只要在腦海裡想像一些令人不快的事，就能多少恢復一些能力呢。不過，能做的事情還是有限啦。」

「令人不快的事……？」

「……是啊。順便說一下，我剛剛想像的畫面是，學校午休時，我因為沒有朋友就一個人躲在廁所的隔間裡吃便當，結果不小心忘記鎖門，被打開門的同班同學撞見。」

「嗚哇……這超丟臉的。」

「……接著回到教室後，覺得大家都看著我在竊笑。咦～～真的假的？原來真的有這種事啊～咦～～這樣不是很髒嗎？」

「別說了！」

這場面太過悲哀，士道不禁捂住耳朵大叫出聲。

不過念頭一轉，馬上想起現在不是做這種事情的時候。士道取下纏在手腕和身上的棉花，從椅子上站起身。由於長時間維持同一個姿勢，令他的身體關節發疼。

總之，必須趕快回到十香她們身邊。最壞的情況，折紙甚至有可能已經和十香她們接觸。

此時，士道「啊！」的叫了一聲。

「對了……！妳們兩個有帶手機的話，可以借我一下嗎？」

「咦？啊，好的，請用。」

士道說完，四糸乃便從口袋裡拿出藍色的手機。

士道向四糸乃道謝，接下手機，從通訊錄當中選擇五河家（2）這個名稱，撥打電話。

這個五河家（2）是〈佛拉克西納斯〉的代號。為了在緊急時刻能取得聯絡，發給精靈們的手機裡無一例外都登錄有這個號碼。

只要跟〈佛拉克西納斯〉取得聯絡，就能利用傳送裝置，立刻飛奔到十香她們身邊。即使遇到最壞的狀況，也能拜託琴里支援十香她們。

不過，話筒另一頭傳來的並非等候的鈴聲或船員的聲音，而是「嘟——嘟——」這種冰冷的機械聲。

「……這是怎麼回事？」

若是琴里的私人手機也就算了，這應該是〈佛拉克西納斯〉的專用回路才對。士道記得琴里曾經說過，他們使用的是固有線路，就算手機的基地台因空間震而摧毀，依舊能夠通訊。

——該不會〈佛拉克西納斯〉發生了什麼事吧？在心中蔓延開來的不安感，令士道不禁皺起臉孔。

「那個，士道……？」

也許是看到士道的表情而感到不安，四糸乃憂心忡忡地如此說道。

「喔喔……抱歉，謝謝妳。」

士道說完將手機還給四糸乃，轉身面向房間出入口。

「拜託妳們！我不知道這裡是哪裡，可以帶我到熟悉的地方嗎——十香她們有危險了。」

士道說完，四糸乃和七罪瞬間露出目瞪口呆的神情，不過隨即帶著認真的眼神點點頭。

◇

「唔……咕……」

十香表情糾結地坐起身子。看樣子，她似乎昏厥了一陣子。

撫摸胸口，發現胸前一片血跡。不過，那也是理所當然的事。因為原本應是絕對鎧甲的靈裝被折紙的光劍殘酷地劈成兩半。

「我……」

「……啊啊，十香……妳醒來了啊～」

十香緊皺著眉頭低喃後，耳邊傳來如此虛弱的聲音。

一抬起頭，便看見美九身穿殘破不堪的限定靈裝，肩膀上上下下地劇烈喘息，站在十香前方保護著她。白皙的肌膚有著多處裂傷和撞傷，簡直是滿身瘡痍。現在雙腳還能站立，令人感到不可思議。

「美九！妳……妳沒事吧……！」

「沒事……還撐得住。十香妳呢……也沒事──」

話才說到一半，美九便突然無力地當場跪倒在地。十香連忙衝向前去支撐住她的身體。

「振作一點，美九！美九！」

美九以虛弱的微笑回應十香的呼喚，接著驟然閉上眼睛，同時渾身癱軟無力。看來似乎是昏厥了過去。

就在那一瞬間，前方傳來用力踩踏瓦礫的腳步聲。

十香朝聲音來源看去，便發現身著深灰色鎧甲的死神身影。

「鳶一——折紙……！」

十香語帶憎恨呼喚少女的名字。像是在回應她的叫喚，折紙對十香投以冷漠的視線。

她的腳邊躺著夕弦，而耶俱矢則是倒臥在附近。兩個人似乎都尚有意識，但身體和美九一樣遍體鱗傷，慘不忍睹。

再再顯示出兩人在十香失去意識的期間，進行了激烈的戰鬥，恐怕是為了保護毫無防備的十香不受折紙攻擊。

十香緊咬牙根，溫柔地把美九的身體放下，手持〈鏖殺公〉站起身來。

「妳這傢伙……究竟為什麼要做出這種事……！」

「我不明白妳問這個問題是什麼意思。」

折紙面不改色地回應。

「妳們是精靈，毀滅世界的災難、危害人類的存在。光是這樣的理由就足夠了。不要讓我一

再重複。」

折紙以冷靜至極的態度如此說完，彎了彎左手手指。於是彷彿配合她的動作，倒臥在她腳邊的夕弦身體像是被一雙無形的手抬起來，飄浮在空中。

「痛……苦。折紙……大師，為什麼……」

「……」

折紙微微皺起眉頭，伸手掐住夕弦的脖子中斷她的話語。折紙加深手的力道，夕弦的喉嚨發出痛苦的聲音。

不過折紙不予理會，用右手握著的光劍抵住夕弦的腹部。

「妳這混帳……！」

十香高聲吶喊，舉起〈鏖殺公〉。然而——有一道影子搶先十香一步，衝向折紙。是耶俱矢。原本倒臥在瓦礫底下的耶俱矢，全身上下流著大量鮮血，舉起巨大的長矛突擊折紙。

「——妳在對夕弦做什麼啊，折紙————！」

耶俱矢怒紅了眼，神情宛如惡鬼，衝向折紙。這突如其來的一擊令折紙一時也反應不過來，耶俱矢的長矛穿過折紙的隨意領域，破壞CR-Unit的一部分。

「唔——」

不過，也僅止於此。折紙皺起眉頭的同時，耶俱矢的身體宛如被無形的手施壓一般被撞擊到地面上。

「咕……！」

即使如此，耶俱矢仍然不死心，試圖抬起頭，但在隨意領域壓倒性的力量面前，她無計可施，只能俯臥在地。

「耶俱矢！」

這樣下去，耶俱矢和夕弦恐怕性命不保。十香立刻往地面一踹，朝折紙飛奔而去。

不過，十香在離折紙還有一大段距離時就停下了腳步。不對，是受到隱形障壁的阻擋，不得不停下。

看來折紙將隨意領域的範圍擴大到這種距離。無法隨心所欲地行動，別說要阻止折紙，甚至連揮劍都無法做到。

「唔，鳶一折紙，妳這個傢伙……！」

即使十香痛苦地呻吟，折紙也一點都不介懷，再次舉起光劍朝夕弦投以視線。

「——真是漫長啊。我終於得到了……打倒精靈的力量——實現夙願的力量。」

折紙獨白似的低喃，接著吐出一口深遠悠長的氣息。

看起來像是將盤踞心頭已久、最後的迷惘猶豫化為氣息吐出一般。

「揮下這一擊，我要……找回自我。這個世界的精靈將全部由我來消滅。為了不再——讓這個世界產生出像我這樣的人類。」

折紙像是在說服自己似的如此說完，露出銳利的視線，加重握住光劍的力道。

「鳶一折紙……！」

十香大喊折紙的名字。然而，束縛住十香身體的隨意領域卻絲毫沒有鬆懈。

不過，十香怎麼能放棄。現場能跟折紙交戰的就只有她了。十香放下劍的瞬間，耶倶矢、夕弦，以及美九，無庸置疑都將遭到殺害。

現在的折紙將會痛下殺手。然後——完成這件事後，她肯定會成為不同於以往的生物。

不知道這是為什麼，但十香無論如何都不容許這種事發生。

「嗚——啊……啊啊啊啊啊啊啊啊啊！」

十香高聲怒吼，全身使勁試圖掙脫隨意領域的束縛。

然而——力量不足。隨意領域擁有折紙以往所施展的隨意領域所無法比擬的強度，絲毫沒有鬆懈。

這樣下去不行。在這樣的狀態下，無法拯救大家。

——她需要力量。更加強大的力量。

「……！」

意識到這件事的瞬間，一股強烈的寒氣朝十香襲來。

她記得這種感覺。數個月前——在ＤＥＭ日本分公司，士道即將被艾蓮殺死的時候，感覺跟這次一樣不舒服。

宛如被現身於自己體內的其他東西牽著走的感覺。自己的意識漸漸稀薄，取而代之的是來路不明的漆黑玩意充滿腦海的那種恐懼感在十香的體內湧現。

十香緊咬牙根。她不清楚這種感覺是什麼，不過她本能察覺——這股力量無法拯救大家。

十香，必須保持自我。

為了拯救耶俱矢。

為了幫助夕弦。

為了讓美九活下去。

以及——為了將那個女人……

將那個傲慢、蠻橫、不討喜、毒舌、不知道腦袋在想什麼、老是妨礙十香、十香最討厭的——那個孤高的少女給找回來。

十香必須保持自我揮劍不可。

「士道——請給我力量……！」

十香呼喚士道的名字，在握住天使〈鏖殺公〉劍柄的手中施力。

「——啊啊啊啊啊啊啊啊啊啊啊啊啊啊啊啊啊啊啊啊啊啊啊啊啊啊啊啊啊啊！」

腦海裡有某種東西綻開的畫面，十香感覺有某種溫熱的東西流進體內。

「……！」

手掐住八舞夕弦的脖子、正要刺穿她身體的折紙前方突然產生一道光芒，令她皺起眉頭。以隨意領域阻擋行動的夜刀神十香吶喊出聲的瞬間，她的身體立刻發出炫目的光芒。

而且，詭異的事情還不只如此。十香的氣息突然從絆住她腳步的隨意領域中消失無蹤。

不——不對。折紙露出銳利的視線。並不是十香消失，而是包覆十香的隨意領域的一部分宛如破了一個洞般消失無蹤。

「——！」

下一瞬間，折紙感到一股強烈的殺氣。她放開掐住夕弦脖子的手，跳到後方。於是那一瞬間後，一把淡淡發光的劍留下光之軌跡，劃過折紙原本存在的空間。

「什麼……」

折紙慌亂地瞪大雙眼的同時，隨意領域解除。在夕弦的身體即將掉落地面時，某人伸出手接住了她。

光芒逐漸消逝，那名人物的身影變得清晰。

看見現身在那裡的少女模樣，折紙不禁屏住呼吸。

隨風飄揚、宛如夜色的漆黑長髮；靜靜凝視折紙的水晶雙眸；以及手中握著釋放燐光的巨大寶劍。沒錯，她正是夜刀神十香。

不過問題在於，她身上穿著的東西。

肩膀、胸口、腰間——身體各處裝備的藍紫色鎧甲，以及釋放出淡淡光芒的裙子。那震懾所見之人、威嚴無比的姿態，跟剛才的十香簡直判若兩人。

——靈裝。精靈顯示自己為精靈、絕對最強的鎧甲，亦是堡壘。

並非至今十香等人身穿的限定靈裝，而是無懈可擊、十全十美的模樣。折紙見狀，嚥了一口口水。

她最後看見「那個」，已經是半年多前了吧。

在夜刀神十香轉學過來之前，於高地公園差點殺了折紙的對手。

——劍的精靈〈公主〉，就站在眼前。

「那副模樣……」

折紙的表情變得嚴肅並呢喃似的說道。接著十香將夕弦放在耶俱矢的身旁，悠然抬起頭。

「鳶一折紙，我討厭妳。不論是現在還是從前——不過，現在的『討厭』，大概跟從前的『討厭』不太一樣。所以——」

接著，十香凝視折紙的眼睛，將手持的天使劍尖朝向她。

「我不會手下留情——妳可別死囉，折紙。」

十香以沉著——但是冰冷徹骨的聲音說道。

「……！」

光是聽見這句話，折紙甚至產生心臟彷彿被射穿的錯覺。

壓倒性的魄力；絕望性的壓力。若是稍有疏忽，腦袋更會瞬間落地的劍氣令折紙渾身顫抖。

「……」

不過，折紙並沒有退縮——不，或許這個十香，反而才是折紙殷切期盼的。

過去曾一擊擊敗折紙的最強精靈。折紙認為必須打敗完全恢復靈力的〈公主〉，她才能夠繼續向前邁進。

「喝啊……！」

隨著如裂帛般清厲的氣勢，折紙將隨意領域縮小至僅包覆自己的身體和裝備的程度，並提高強度。反正就算擴大展開範圍，也無法牽制住現在這個十香的行動。既然如此，與其浪費魔力，還不如鞏固防禦才是明智之舉。

折紙高舉光劍，將光之刃朝十香猛力揮下。十香微微挑眉，接著以〈鏖殺公〉擋下攻擊。

然而，這正是折紙的目的。折紙在腦內下達指令，將光劍劍刃的一部分分離。

這把ＤＥＭ製造的CR-Unit〈莫德雷德〉的主要兵器〈神劍(Clarente)〉，是能在隨意領域內將本體變形為魔力砲〈神劍加農砲〉和光劍〈神劍雙刃〉兩種形態的武器。

不過，那終究只是能變化成適合各種性能形狀的武器，並不會因為變形而導致另一方的能力喪失。

雖然需要高度的隨意領域操作與龐大的生成魔力，但根據不同的做法，也可能在保持〈雙刃〉的形態下進行砲擊。也就是說——像這樣。

在折紙的光劍與〈鏖殺公〉互相以劍鐔抵擋對方的攻擊時，光劍的砲口上方迸發出魔力光，在空中散開，如雨一般襲向十香。

當然，由於折紙是在和十香交手的情況下發射砲擊，威力並不強。若是在普通的狀態下，這種攻擊不過只像是發射豆子的玩具竹槍一樣，〈鏖殺公〉一揮便能輕易擋開吧。

但是，如今折紙正壓制著那把〈鏖殺公〉。如果硬是想擋開砲擊，相對的就會吃下一記折紙的斬擊。不管怎樣，十香都無法避免受傷。

——理應是如此才對。

「喝啊！」

不過，十香與折紙對打的同時往地面一踹，以壓倒性的臂力將折紙推向後方，勉強避開砲擊的命中範圍。

「唔——」

折紙皺起眉頭，發出呻吟。果然，十香現在的靈力甚至於臂力已不可同日而語。若是單純比力氣，折紙毫無勝算。她改變光劍的角度架開十香的劍，以迅雷不及掩耳的速度連續發動攻勢。

折紙三番兩次以劍擊猛烈攻打十香，若是常人，恐怕只需一擊身體就會被擊飛了吧。不過十香完全看穿那些劍擊的路數，一一擋下。

「——看我的！」

十香趁折紙進行連續攻擊時，伺機將〈鏖殺公〉滑行般刺向折紙。

「唔……！」

不過折紙看見她的攻擊，並且擋了下來。

架開、揮劍、刺擊、橫掃、阻擋、一斬而下。

疾如暴風的劍擊，在雙方之間掀起一陣狂風。

——有勝算。折紙加強握住〈神劍〉的力道。

實力幾乎旗鼓相當。折紙已經不是當初那個被十香砍倒在地，束手無策的她了。

現在的折紙能與恢復完全靈力的精靈交鋒。

人類的睿智也適用於毀滅世界的災難。

那是折紙盼望、渴求了好幾年的夙願。

折紙沒有做錯。她累積至今的鍛鍊沒有白費。

——CR-Unit〈莫德雷德〉。只要有它，折紙就能消滅夜刀神十香、八舞姊妹、誘宵美九，以及五年前殺死父母的精靈。

沒錯——五年前的精靈。作為加入DEM的條件，折紙從艾蓮・梅瑟斯口中得知了那個存在的情報。

但並非得知其具體的姿態和能力。情報本身算不上是那麼有價值的東西。

不過五年前，那個城鎮確實存在著〈炎魔〉五河琴里以外的精靈。只要能證實這一點，DEM的情報就擁有極大的價值。

如果是現在的折紙就辦得到。只要找出那個精靈，就能讓她人……頭……落——

「咦……？」

不過就在這個時候，折紙突然感到頭痛欲裂。

一時之間，她還以為是她沒有完全擋下十香的攻擊，頭部吃了一記斬擊——然而，事實並非如此。這很明顯是從內部傳來的疼痛。

下一瞬間，意識猶如燈光閃爍般中斷，視野逐漸染成一片鮮紅。

「啊——」

「喝啊！」

十香當然不可能放過這個機會。她揮舞〈鏖殺公〉，朝折紙毫無防備的身軀橫斬而去。能降伏萬物，暴虐無比的一擊。折紙的身體宛如被風撫弄的樹葉一般，輕易地被筆直震飛到後方。

勁道強烈得撞碎好幾片瓦礫，貫穿建築物的牆壁，到達甚至看不見十香身影的距離後——折紙才終於滾落地面，轉了兩三圈仰躺在地。

「唔……啊……！」

由於加強了隨意領域的強度，勉強避開了致命傷，但全身的傷勢十分嚴重。撞傷、裂傷、大量出血。這副慘狀若是被路人瞧見，肯定不管三七二十一先叫救護車再說。

不對，真正嚴重受損的並非身體表面的傷。折紙用手擦拭臉龐，看著手上附著的暗紅色血液，緊咬牙根。

眼、鼻正在出血。折紙並非第一次發生這種症狀。先前勉強使用討伐兵裝〈White Lycoris〉時也曾體驗過的活動極限。

「唔……！」

看來折紙在面對恢復完全力量的十香時，不知不覺過度使用腦力了。折紙一臉悔恨地咬牙切

齒，維持仰躺的姿勢捶打地面。

——什麼旗鼓相當、什麼能跟精靈交手啊。結果，折紙只不過是燃燒生命才好不容易追上十香的力量罷了。

「我……」

折紙將顫抖的手伸向天空，宛如——一名向神明祈求的虔誠信徒。

當然，折紙並不相信神明。自從五年前親眼目睹父母遭到殺害的那一天起，神明這個詞彙就已經從折紙的腦海裡消失。

不過，如果——

這世界上真的存在神明或惡魔，不管要折紙付出什麼樣的代價，她也一定會懇求祂們的幫助吧，即使在達成目的後必須獻上她的心臟也在所不惜。

她知道這個想法不符合自己的個性。竟然將希望寄託在不存在的東西上，簡直蠢愚至極。能幫助自己的，就只有自己而已。有時間祈求，不如鍛鍊；有時間許願，不如擬訂戰略。一路實踐至今的，便是鳶一折紙這名巫師。

不過——折紙已經一無所有了。

披荊斬棘般的訓練、廢寢忘食的研究、帶給身體負擔的最先進裝備、與死亡比鄰的實戰。能想得到的事情折紙全都做過，不斷累積實力至今。

得到的結果卻是這樣。

犧牲一切、精益求精所得到的力量，到頭來還是無法勝過精靈。

折紙歷經了漫長的奮戰，等待在盡頭的就只有這個殘酷的現實。

「我——」

折紙的腦海裡突然掠過死心的念頭。

她吐出微弱的氣息，無力地放下遮掩住天空的手。

——然而，就在這一瞬間……

【——吶，我說妳……想要力量嗎？】

折紙的耳邊傳來無法區別究竟是男還是女的聲音。

「咦——？」

聽見突然傳來的話語，折紙瞪大雙眼，搖搖晃晃地坐起身。

於是發現聲音的源頭處站著一個不知廬山真面目的「某種東西」。

是個只能以「某種東西」來形容的東西。明明能清楚認知他就存在於那裡，卻無法看清他的實際樣貌。算是存在的解析度太低了嗎？甚至有種整體被雜訊籠罩的錯覺。

「你是……什麼？」

折紙不由自主地使用「什麼」而非「誰」來表達。「某種東西」似乎也感受到了折紙的心思，感到十分可笑似的，發出嘻嘻的竊笑聲。

【我究竟是什麼東西，現在並不重要吧。重點是，妳的回答呢？妳……想要力量嗎？想要不輸給任何人，強大無比的力量嗎？】

「……！」

折紙皺起眉頭，屏住呼吸。

一瞬間，她懷疑自己是否因為使用顯現裝置帶來的損傷，導致自己神經錯亂。這事態明顯不正常。搭理這種東西，肯定是瘋了。

不過，這個問題的答案自然是顯而易見。折紙半下意識地開啟雙唇：

「我當然——想要啊。」

折紙鄙棄似的如此說道。

「我……想要力量。無論要我拋棄、犧牲任何東西，我都在所不惜……！我想要能達成我的夙願、強大無比的力量！我想要……所向無敵的最強力量！」

【是嗎？】

「某種東西」簡短地回答。

不知為何，明明看不見他的表情——卻覺得「某種東西」一瞬間露出冷笑。

【——那麼，我就賜予妳吧。賜予妳所渴望的力量。】

「某種東西」如此說道，朝折紙遞出某個物品。

那是個散發出潔白光輝，類似寶石的物體。那夢幻般的光芒一瞬間奪去了折紙的目光。

「這是……」

【如果妳想要力量，就伸出手吧。】

「……」

折紙雖一臉疑惑地皺著眉頭，仍緩緩地伸出手……觸碰那顆寶石。

剎那間……

「什麼……！」

寶石釋放出炫目的光芒，隨後便飄浮到空中——被吸進折紙的胸口。

「怎麼……回事……」

折紙俯視著自己的胸前茫然低喃，但寶石早已不見蹤影。

「剛才究竟是——」

折紙抬起頭正想詢問，卻止住了話語。因為剛才還站在她面前的「某種東西」，突然消失得無影無蹤。

「……」

果然是陷入極限狀態的自己所看見的幻覺嗎？折紙做出如此結論，將手抵在額頭上。

不過，就在這時……

「啊……？」

心臟「撲通」一聲劇烈地跳動，折紙皺起了眉頭。

感覺像是體內產生了一顆全新的心臟，朝全身釋放出不同於以往的灼熱血液。這從未體驗過的異常感覺，令折紙不由自主地當場跪倒在地。

「啊……啊……啊……啊啊啊……啊……啊——」

在意識朦朧間……

折紙感覺到自己似乎脫胎換骨，成為另一種存在。

◇

「……！發生了什麼事！」

聽見陸上自衛隊天宮駐防基地驟然響起的警報聲，ＡＳＴ隊長日下部燎子大喊。

照理來說，現在本應是ＡＳＴ訓練的時間，不過——今天因為某種因素，她來到了管制室。

聽見燎子的聲音，管制官立刻操作控制檯，接著發出「噫！」一聲驚叫，屏住了呼吸。

「這……這是——非常強烈的靈波反應！」

「靈波反應……這也是ＤＥＭ幹的好事嗎！」

燎子憤恨不平地皺起眉頭。

沒錯。其實從剛才開始就偵測到好幾個靈波反應。

〈狂戰士(Berserker)〉、〈歌姬(Diva)〉，以及——〈公主〉。

特別是〈公主〉的反應從中途靈波便增強，顯示出過去交戰時的力量。

城鎮出現了這些怪物，以打倒精靈為目的而成立的ＡＳＴ燎子等隊員，現在仍待在這種地方的理由極其單純。那就是——DEM Industry。

那間公司以要進行特殊演習為由，透過防衛省施加壓力，要ＡＳＴ不准出手。

因此，燎子等人儘管知道街上出現了精靈，也只能待在管制室瞪視著雷達。

此時，視線落在畫面數值的管制官嚥了一口口水，語帶顫抖地說：

「不……不是……！這是——不屬於ＤＥＭ事前通知內的反應！」

「什麼！」

聽見管制官說的話，燎子高聲吶喊，並將手放在管制官的肩上，探頭查看畫面。

目前的確偵測到其他不同於以往所存在的精靈們的靈波反應。而且，其數值不亞於發揮十全力量的〈公主〉，十分強大。

「妳的意思是，演習中出現了其他精靈嗎？而且還沒有引發空間震，是靜穩現界……！」

燎子的表情變得嚴肅。說得客氣一點，這種狀況必須馬上發布緊急事態宣言。倘若這個精靈與〈公主〉打起來，難以想像究竟會造成何等嚴重的災害。

「隊長！」

就在這一瞬間，管制室的門被猛然推開，兩名嬌小的少女隨後踏進房內。她們是ＡＳＴ隊員岡峰美紀惠，以及維修班的米爾德蕾德．Ｆ．藤村。美紀惠已經穿上接線套裝。

「ＡＳＴ全隊已準備完畢！」

「CR-Unit也沒有任何問題！隨時可以施展全套機能。」

「美紀惠……小米……」

燎子呼喚她們的名字，輕輕嘆了一口氣。

剛剛才偵測到靈波反應，不可能如此迅速做出應對。想必是許久之前，她們就做好出擊準備了吧。她們也跟燎子有著同樣的心情。

上層對折紙下達懲戒處分時，內心嚴重動搖，甚至說出自己也要辭掉ＡＳＴ的美紀惠，現在也已經能完全勝任她的職務。她鼓舞自己，將來折紙回歸隊上時，可不能讓她看見自己窩囊的模樣。燎子看見部下的成長，倏然綻放出笑容。

同時，管制官大聲吶喊：

「——！隊長！是來自總部的聯絡！」

「哦，時機真巧。」

大概是出擊命令吧。燎子如此猜測，從口袋拿出緊急著裝的隨身裝置。

然而——

「呃，AST全隊繼續待命……」

聽見管制官說的話，燎子、美紀惠和小米無不瞪大雙眼。

「這……這是怎麼回事啊。街上出現了精靈耶！」

「妳……妳對我說也沒用啊……」

管制官露出困擾的神情。哎，也是啦。她也不過是原封不動地傳達上頭的指示。

「唔……！」

燎子氣憤地緊咬牙根，接著握緊拳頭，「叩！」的一聲用力捶打牆壁。

「這種緊急事態不出動，AST到底是為何而存在啊……！總部的大頭們，就這麼害怕DEM嗎……！」

折紙的臉瞬間掠過燎子的腦海。

雖然她是個各方面都問題百出的隊員——但她絕不會做出違背自己信念的行為。如果是折紙，肯定會無視待命命令，毫不猶豫地出動吧。

然而如果燎子現在這麼做，高層肯定會十分樂意換掉她隊長的職位吧。恐怕會換成更好操控的ＤＥＭ旗下的巫師。唯有這件事，她無論如何都要避免。

「隊……隊長……」

美紀惠露出憂心忡忡的表情。

「……全員繼續待命……！」

燎子苦惱了一會兒後，氣憤地如此說道。

◇

「妳們還好嗎？耶俱矢、夕弦！」

十香揮舞〈鏖殺公〉一擊將折紙擊飛之後，奔向倒臥在地的八舞姊妹身邊。

她也可以選擇追擊折紙，但她故意不那麼做。因為她的目的原本就不是致折紙於死地——更何況確認耶俱矢、夕弦兩人是否平安無事，才是現在的第一要務。

耶俱矢搖搖晃晃地坐起身，夕弦則是無力地揮了揮手回應十香的聲音。就算說得含蓄一點，她們的傷勢也絕非輕微，但總之意識似乎還是清醒的。十香放心地吐了一口氣。

「十香……妳這副模樣……」

耶俱矢忍痛般輕聲呻吟之後望向十香，興味盎然地端詳十香的裝扮。

十香一瞬間疑惑地正要歪頭，但馬上便察覺其中的理由。因為十香的身上現在正顯現出完全狀態的靈裝。

「唔，我心想非救大家不可，結果力量就恢復了。」

十香說完後，耶俱矢再次目不轉睛地凝視十香的靈裝，接著不滿地嘟起嘴。

「……可惡，好帥氣喔。那是什麼絕處逢生引發出潛在力量的方式啊。眷屬不准比主人出風頭啦。等一下也教教我方法吧。」

「唔……嗯。」

十香不由自主地答應耶俱矢……但若問她方法，她也無法說明詳盡。因為就連她自己也不清楚，為什麼理應被士道封印的靈力會突然恢復。

「……咳！咳！」

就在這個時候，夕弦慢半拍地坐起身，看似痛苦地不斷激烈咳嗽。

「……提……問。十香，折紙大師呢……？」

夕弦說完望向十香。十香點點頭回應夕弦。

「我用劍脊狠狠地痛毆了她，她應該暫時無法戰鬥了吧。但我想還能保住性命。我記得那傢伙的身體周圍好像有展開叫什麼隨意淋醬的東西。」

十香將〈鏖殺公〉的劍尖抵住地面如此說完，耶倶矢和夕弦便以左右對稱的動作歪了歪頭。

「……隨意淋醬？」

「訂正。妳是說隨意領域嗎？」

「沒錯，就是那個叫隨意淋浴的東西。」

夕弦如此說道。聽她這麼一說，好像確實是叫這個名字。

「……？」

這次明明應該說對了，不知為何，八舞姊妹再次露出疑惑的表情歪了歪頭。

不過，現在不是在意這種事情的時候。十香將視線從八舞姊妹身上移開，望向後方。

美九癱倒在支離破碎的路上。

「美九！」

十香呼喚美九的名字，但是沒有得到回應。看來她似乎還沒有恢復意識。十香奔向美九身邊，蹲下身來探頭查看她的臉龐。

然而，映入眼簾的卻是出乎預料十分安穩的睡臉。發出鼻息聲，偶爾嘴裡還會碎唸一些不明所以的夢話。十香「呼～～」地鬆了一口氣。

「呵呵……等她睡醒後，再向她道謝便可，十香。在汝昏厥的期間，挺身保護汝的就是那傢伙吶。」

「同意。真是了不起。雖然從頭到尾，腳都抖個不停。」

耶俱矢和夕弦兩人互相扶持，跟在十香的後頭來到美九身邊。

「嗯……說得也是。謝謝妳救了我，美九。」

十香說完，耳邊再次傳來聲音。

「——沒錯、沒錯，所以快點讓她醒來吧。」

「唔？要怎麼做呀？」

「呵呵，那還用說嗎？將公主從沉睡中喚醒的，通常是熱情的吻吧。」

「妳……妳說吻嗎！」

「肯定。就是這樣。好了，妳就豁出去上吧。接吻，接吻。」

「唔……唔……」

如果只有這個辦法，也只能照做了……吧。十香嚥下一口口水。

「且慢！本宮什麼話也沒有說喔！」

「贊同。夕弦也是。」

「什……什麼？」

聽見耶俱矢和夕弦說的話，十香皺起了眉頭。這麼說來，中途傳來的聲音好像跟兩人的聲音有些不一樣。那麼究竟是──

此時十香將視線移到下方，便看見美九微微睜開眼，嘴角綻放出狡黠的笑容。

「啊，美九！妳剛才就醒了吧！」

「噗呵呵！啊～嗯，被妳發現了嗎？」

十香豎起手指猛力指向美九大吼後，美九便忍俊不禁地笑了出來。看樣子，她似乎早已清醒過來了。

「討厭啦！耶俱矢、夕弦，妳們不要多嘴啦～人家搞不好差點就能享受到十香可愛的嘴唇了呢～」

「什麼不說，偏偏說這種話！模仿吾等之聲音，可是罪大惡極喲，美九！汝之罪孽即使墜入煉獄裡也無法償還！」

「氣憤。火冒三丈。」

耶俱矢和夕弦露出嚴肅的表情。於是美九嘿咻一聲坐起身，姿態嬌媚地伸手貼住兩人的腳。

「對不起。我沒有惹妳們生氣的意思～請原諒人家～這個代價，人家會確確實實以身體來償還……」

美九如此說完舔了舔嘴唇。瞬間，八舞姊妹兩人同時不寒而慄、臉色發青地往後退，企圖逃離美九身邊。

「啊～嗯，妳們為什麼要逃嘛～等一下啦～」

「吵……吵死了！別過來，汝這個變態！」

「逃亡。會傳染細菌。」

美九緊追在後，兩人即使踉踉蹌蹌也還是想逃跑。先前的殊死戰宛如一場幻夢，眼前的景象和樂融融。

十香看著三人精神奕奕的模樣，吐出安心的氣息，接著拍了拍手制止搖搖晃晃持續玩著捉迷藏的少女們。

「總之大家的傷勢都不輕，先回〈佛拉克西納斯〉接受治療吧。有人能幫忙聯絡琴里嗎？」

十香說完，三人總算停止妳追我跑的遊戲，望向十香。

「呵呵……就這麼辦吧。本宮是不在意這點小傷啦，但畢竟還有其他人在嘛。」

「搗蛋。戳戳。」

「啊呀！」

夕弦戳了戳耶俱矢腹部的傷，耶俱矢便眼眶泛淚，大聲尖叫。看來會痛的還是會痛。

「汝……汝突然幹嘛啊！」

「嘲笑。不在意這點小傷（眼神發亮）。」

「啊啊！人家也想試試看！戳戳！」

「喂……還不住手！」

說完三人又開始打鬧起來。十香唉聲嘆了一口氣。

「總之，拜託妳們了。妳們三人先去〈佛拉克西納斯〉吧。」

聽見十香說的話，美九一臉疑惑地挑了挑眉。

「先去……那妳呢？」

「唔。我去帶鳶一折紙過來。她一個人恐怕無法動彈。而且，我還沒有從那傢伙口中聽到任何說詞。」

十香說完後，三人「呼～～」地吐了一口氣，點了點頭。

「哼……既然汝都這麼說了，就交給汝吧。當然，無論基於何種理由，本宮之後都要她償還代價。」

「同意。要處以撓癢癢地獄之刑。打破折紙大師的鐵面具。」

「啊，那個代價，可以個別索取嗎？人家有好多好多想做的事情呢……」

美九露出閃閃發光的眼神如此說道。耶俱矢和夕弦兩人的臉頰流下了汗水。

十香確認大家表示同意後，便朝剛才擊飛折紙的方向看去。由於十香實在氣不過，出手可能太重了，從這裡甚至看不見她的身影——

「……唔？」

就在這時，十香抽動了一下眉毛。

視線的前方。烏雲密布的天空中似乎能看見類似人影的東西。

「？十香，怎麼了？」

「沒事……」

耶俱矢提出疑問，十香無言以對，接著揉了揉眼睛。

一時之間，十香還以為是自己眼花看錯，然而——事實並非如此。

一道光芒射進昏暗的空間，裡頭有一名少女飄浮著。

一開始映入眼簾的，是她的裝扮。

不過那也是理所當然的事。沿著身體曲線般貼身的洋裝、猶如盛開花朵的大蓬裙，以及從圍繞著頭部飄浮的頭環延伸出來的光之頭紗。那些全都是以令人為之驚嘆的純白色所構成。

那副模樣簡直像是只容許清純少女穿著的新娘禮服——要不然就是令人聯想到從黑暗中降落的天使姿態。

「……那……是——」

不過會令十香屏住呼吸，並不是因為被那些要素奪去目光。

而是因為在那個白色身影緩緩接近的同時，少女的容貌也逐漸清晰。

——那是，鳶一折紙。

「折紙……？」

「確認。耶俱矢也那麼認為嗎？」

「是她沒錯吧……不過，那副模樣是……」

耶俱矢和夕弦，甚至連美九似乎都察覺到她的裝扮了。三人皺起眉頭一一說道。

不過，她們的談話馬上就中斷了。

理由很單純。因為當折紙悠悠地望向這裡的瞬間——無數根針刺向全身般的寒意朝她們侵襲而來。

「……！」

耶俱矢三人雙眼圓睜，怔怔地佇立原地。而十香則是緊咬牙根，像是要隔開三人和折紙一般站在她們面前，舉起〈鏖殺公〉。

「十……十香……！」

「——妳們快逃。我無法一邊保護妳們同時戰鬥。」

十香目不轉睛地凝視著折紙，對背後的三人說道。額頭滲出的汗水流過臉頰，從下巴滴落。

耶俱矢等人並沒有反對，沒有說出她們也要一起戰鬥。想必是在一瞬間就領悟到無法發揮百分之百靈力的自己，就算待在現場也於事無補吧。不——不僅於事無補，或許還會妨礙十香。

如今現身在十香一行人眼前的東西——

就是擁有如此壓倒性的力量。

不需要短兵相接，不需要透過言語交談，本能就能察覺。

——「這」是她們應付不來的東西。

「十香，抱歉……！」

「祈願。祝妳好運。」

「啊！妳們兩個等一下……嗚呀！」

耶俱矢和夕弦架住美九的腋下，捲起風包圍住身體，以飛快的速度逃向空中。

「……」

折紙對她們默不關心，只是凝視著十香，宛如滑行在空中般緩緩接近。

然後俯視著十香，輕啟雙唇：

「夜刀神……十香，我要——打倒妳。」

「……折紙，妳這傢伙。」

十香露出鋒利的眼神，折紙便悠然朝天空舉起右手。

然後呼喊……

折紙不可能會知道的那個——天使之名。

「——〈滅絕天使〉。」

彷彿回應折紙的呼喚，從太陽西沉後的天空中射出好幾道光束，包圍住折紙。那些光束逐漸帶有實際的影像，各自變化為冰冷細長、類似羽毛的形狀。

然後，當折紙握起朝天高舉的手心時，那些羽毛便連結成圓形。

沒錯。宛如——折紙的頭上戴了一頂王冠一般。

「唔……」

十香皺起臉孔。

靈裝，加上……天使。已無庸置疑。

十香仰望著天空大聲嘶吼：

「……折紙，妳這傢伙，為什麼——變成了精靈！」

沒錯。

十香不知道在她救起耶俱矢等人的這段期間，究竟發生了什麼事。

不過，唯一可確定的是——現在的折紙是一名精靈。

「精……靈……」

折紙複誦十香說的話低聲呢喃後，露出慵懶的眼神，俯視自己的手和身體。

「是嗎……果然『如此』嗎？」

折紙低垂著雙眼，像在說給自己聽一樣。

「既然如此——也無妨。」

然後猛然瞪大雙眼，向十香投以如劍般銳利的視線。

「我就施展這個力量，打倒精靈吧。成為殺死精靈的精靈，然後討伐所有的精靈——最後再除掉我這個最後一名精靈。」

折紙張開雙手。宛如配合她的動作般，頭上王冠的前端伸展開來，形成有如日輪的圓環。

「〈滅絕天使〉——【日輪(Shemesh)】。」

折紙沉著地宣告。瞬間，在她頭上展開的圓形天使開始旋轉，朝周圍散布光粒子。

「唔——」

十香張開左手，施展靈力在自己的周圍張開防護牆。片刻之後，折紙的天使釋放出的眾多光粒子便一齊朝四周傾瀉而下。

那是一場美麗絕倫、規模龐大的毀滅之雨。每一擊都擁有強烈威力的靈力塊，成千上萬地傾瀉而下，持續不斷蹂躪地面。

柏油街道、停在路邊的汽車、鱗次櫛比的房舍。大公無私的天使，全然一視同仁。熟悉的住宅區景色猶如淋到雨的紙造品，輕易地崩塌。

「唔……！」

雖然以十香的靈力建構而成的防護牆勉強阻擋住那波攻擊，但這樣下去事態將毫無進展。十香加重握住〈鏖殺公〉的右手力道，明知會承受數發的攻擊，還是從內側劈開防護牆。

「喝啊啊啊啊啊！」

隨著如裂帛般清厲的氣勢揮舞而下的天使〈鏖殺公〉，沿著揮劍描繪出的軌跡釋放出劍擊。

「……！」

折紙微微挑了挑眉後，伸出一隻手指向下方。於是原本釋放出光粒子的圓環開始分解，旋即化作盾牌擋在折紙的面前，彈開十香的斬擊。

就在這一瞬間，光粒子的攻擊中斷。十香把握機會朝地面一踹，一直線飛向空中，穿過天使旁邊逼近折紙。

「看招——！」

十香沒有餘力手下留情。她用雙手握住〈鏖殺公〉，使出全力砍向折紙。

然而——沒有砍到物體的感覺。

在〈鏖殺公〉觸碰到折紙靈裝的瞬間，折紙的身影化為一道光，消失得無影無蹤，接著出現在離原本的場所數公尺遠的後方。

「什麼……！」

「——！」

慌亂地瞪大雙眼的不只十香，閃開攻擊的折紙也露出驚愕的表情。看樣子，這件事也出乎折紙的意料。

折紙凝視著自己的手，不悅地咕噥：

「——怪物。」

她眉頭深鎖，握起拳頭，將那隻手猛然伸向上方。

「【天翼(Malakh)】！」

於是〈滅絕天使〉再次集結，在折紙的背後化為猶如羽翼的形狀。折紙振動〈滅絕天使〉的羽翼，瞬間往後方逃脫。

同時，化為羽翼形狀的〈滅絕天使〉的前端迸發出好幾道光線，攻擊十香。

「可惡……！」

十香簡短吶喊，揮舞〈鏖殺公〉。要張開防護牆也為時已晚——而且十香直覺體悟到，憑她防護牆的程度阻擋不了這波攻擊。

她以〈鏖殺公〉的斬擊彈開逼近而來的光之箭矢。然而，數量太多了。無暇抵擋的光線刺進十香的左肩和右腳。

「咕……啊……！」

劇烈疼痛。用不著看也知道靈裝碎裂了。

然而，折紙並沒有因此鬆懈攻擊。她筆直地揮下高舉到上方的手，於是在她背後展開的羽翼便上下左右飛散開來。

「【光劍】(Kadour)！」

折紙高聲吶喊的同時，四分五裂的〈滅絕天使〉便在宛如各自擁有獨立意志的軌道上無拘無束地奔馳於空中，從四面八方釋放出光線，令人有種被囚禁在光之格子製成的牢籠的錯覺，而且還是一觸碰便會切肉斷骨的暴力牢獄。

「唔……！」

十香揮舞〈鏖殺公〉，擊落從四面八方連續放射而來的砲擊。

不過，不可能全部擊落。光線帶著必定毀滅的意志，接二連三直接攻擊十香的背部、腰部、手部，十香的鎧甲逐漸碎裂。

「咕……唔……啊──」

這樣下去，只會單方面受折磨。十香露出痛苦的表情瞪著折紙，接著使出全力往空中一踹。

必須阻擋十香的進擊，〈滅絕天使〉朝十香展開更激烈的攻擊，不過十香完全不予理會。就算腹部蒙受攻擊、腳部被射穿，十香也絕不移開視線，朝折紙猛衝而去。

「嗚喔喔喔喔喔喔喔喔喔喔喔！」

十香高聲吶喊，揮舞〈鏖殺公〉由下往上砍向折紙。

「呼——！」

不過，果然還是沒砍到。在劍刃即將觸碰到折紙的瞬間，她的身影便化為光消失，躲開了十香的攻擊。片刻過後，折紙的身體又像剛才一樣，在稍遠一點的地方再次建構而成。

但是——這也在十香的意料之中。

十香鬆開〈鏖殺公〉，憑藉著衝勁在空中扭轉身軀——

「喝啊啊啊啊啊啊啊！」

卯足全力徒手痛毆再次出現於虛空中的折紙的臉。

「——嘎……啊……！」

折紙吐出痛苦的呻吟，扭曲臉孔。一個類似白色碎片的東西飛出折紙的口中。也許是脫落的臼齒吧。

精靈十香竭盡全力揮出的右直拳。如果折紙沒有變成精靈，這必殺的一擊恐怕會令她身首分離，甚至粉碎。

不知是無法連續化成光還是一時應付不來無法察覺的攻擊，詳細情形不得而知——總之，成功給予了她一擊。十香緊握拳頭，從鼻間哼了一聲。

但是沒有機會乘勝追擊。折紙意識模糊似的搖了搖頭，再次將〈滅絕天使〉化為羽翼形狀，迅速逃離現場。

「嘖——」

十香直接降落到地面後往旁邊舉起右手。不久，剛才拋開的〈鏖殺公〉便從天而降，不偏不倚地掌握在她手中。

「……」

十香從地面上仰望折紙擦拭嘴角流出的鮮血。

雖然給予她一定程度的傷害，但顯然十香傷得比較重。若以相同的方式繼續戰鬥，將對施展較少招式的十香不利。

既然如此——十香能做的就只有一件事。

「〈鏖殺公〉！」

十香呼喚天使的名字後，用力以腳跟踏了地面。

那個名字表示的不只有十香手持的劍。

地面宛如回應十香的呼喚般隆起，從中出現超越十香身高的巨大王座。

「——【最後之劍(Halvanhelev)】……！」

然後呼喚……

十香的天使〈鏖殺公〉真正姿態最強之劍的名字。

瞬間，王座產生了好幾條裂縫，四分五裂。然後，那些碎片一個個附著上十香手持的劍——

形成修長巨大的劍身。

若是單純揮出一擊，會被折紙以奇特的能力閃避。話雖如此，折紙也不會笨到再上同樣手法的當。

若是琴里和令音，應該會想出更好的計策吧。肯定會分析折紙的能力，採取更有效率的作戰方式。

不過十香無法做到那種事。她能理解的，只有用自己的劍和拳頭感受到的事實；能採取的，也只有基於那種想法，再笨拙不過的做法。

也就是——連折紙化為光躲開的去處也一口氣摧毀的最強一擊。

「……唔——」

折紙或許也感受到十香的意圖，將化為羽翼形狀的〈滅絕天使〉改回最初的王冠形態，將其尖端朝向下方——十香的方向。

此舉代表著什麼含意，十香隱約能了解。每個部分都擁有粉碎靈裝威力的天使。集中它所有的砲門，釋放出威力極大的一擊。

「——折紙！」

感受到折紙意圖的十香朝上空高聲吶喊：

「我再問妳一次！我跟妳——真的無法互相理解嗎！」

「……開什麼玩笑。」

折紙露出悲壯的神情如此回答。不知為何，十香怎麼看都覺得她像個抽泣的孩子。

「我的意志不會改變，我的使命不會改變。精靈——全由我來否定！」

聽見折紙說的話，十香深深呼吸了一口氣。

「是嗎？那就沒辦法了。」

她緩緩舉起【最後之劍】，劍身逐漸纏繞上漆黑的光芒。

「——我要認真教訓妳。覺悟吧，妳這個耍賴的孩子！」

「少……說笑了——！」

折紙大聲怒吼，將雙手舉到面前。於是〈滅絕天使〉的前端開始收束純白的光芒。

「〈鏖殺公〉——【最後之劍】！」

「〈滅絕天使〉——【砲冠(Artelif)】！」

兩人的吶喊聲重疊在一起。

天空釋放出皎潔的光芒，而地上則釋放出漆黑的光芒。

兩人正想從上下兩方施展出包含全身靈力的必殺招式。

然而，就在這一瞬間——

「——住手啊啊啊啊啊啊啊啊啊啊啊啊啊啊啊！」

兩人的耳邊傳來嘶吼聲。

「什麼……！」

「……！」

十香和折紙同時抖了一下肩膀，然後面向聲音的來源。

在戰鬥中——而且還是在雙方用盡全力，想朝對方釋放致命一擊的途中移開視線，簡直是瘋狂的舉動。不過，十香和折紙都無法漠視那道聲音。因為——

「士道！」

「士道……！」

兩人瞪大雙眼，呼喚那名人物的名字。

沒錯。出現在眼前的，正是理應下落不明的五河士道本人。

「這是怎樣啊……事情究竟為什麼會演變成這種地步啊！十香——折紙……！」

「士道，你怎麼會……在這裡——」

士道皺起臉孔發出悲痛的聲音，折紙便露出呆愣的模樣低喃，接著別開臉，彷彿不想讓士道看見自己的模樣。

「唔……」

折紙將原本呈現王冠形狀的〈滅絕天使〉再度轉為羽翼形態，隨後以飛快的速度逃往天空的彼方。

「折紙！折紙——————！」

她將士道響徹天空的叫喊聲拋在身後。

第四章　真相

飛離化為廢墟的住宅區數分鐘後。抵達杳無人煙的高地時，折紙才終於降低飛行速度。

「……」

朝後方瞥了一眼，看來沒有人追上來。折紙一語不發地微微舉起單手，分解固定成羽翼形狀的〈滅絕天使〉，降落到地面。

眺望著從束縛中解脫的〈滅絕天使〉分散成數個個體，再化為光粒子消融在空氣中，折紙微微皺起眉頭。

奇妙的感覺。在數十分鐘前連見都沒見過的異常存在，折紙卻像用了好幾年的武器一樣運用自如。

連自己也覺得毛骨悚然。那個有如雜訊般的「某種東西」遞出的寶石被體內吸收之後，折紙便本能性地能操作天使。

不僅如此。剛才企圖躲避十香攻擊的瞬間，折紙感覺到自己的身體霎時間化為一道光。折紙她——已經變成稱不上是人類的生物了。

「……這股力量……」

折紙咕噥著誰也聽不到的話語，將視線落在自己身穿的純白衣服上。

精靈所擁有的絕對最強鎧甲。

沒錯。折紙身上穿著的無庸置疑就是靈裝。

「我是——精靈……」

折紙說出這句話後緊咬牙根，彷彿要抑制住從胃部深處一湧而上的嘔吐感。

自己變成自己最厭惡、憎恨、忌諱的存在，一股無與倫比的厭惡感朝折紙侵襲而來。

面臨與夜刀神十香一決勝負的時機，卻逃離戰場的理由也是因為如此。原先與十香交手而漸漸麻痺的自我厭惡感，在士道當場現身的瞬間再次一湧而上。

——唯有士道，折紙不想讓他看見自己這副模樣。那是折紙拋棄一切追求力量，僅存的天真——也是任性。

不過對現在的折紙來說，有一件事情更令她在意。

無須多加說明，那便是將折紙變成精靈的那個有如雜訊的「某種東西」。

「莫非，那就是……」

將人類變成精靈。那種令人難以置信的能力，折紙卻曾經聽說過。

過去士道曾向折語訴說的神祕存在，將原本應是人類的五河琴里變成精靈的「某種東西」。

沒錯。五年前的那一天，存在於烈火燃燒的城鎮中的「另一名精靈」。

那個雜訊般的「某種東西」擁有與其相同的能力。

「……他就是〈幻影〉……？」

〈幻影〉。那是在那之後，士道跟折紙說過的真面目不明的精靈識別名。

沒有確切的證據能證明，現身在折紙面前的「某種東西」和五年前出現在士道等人面前的〈幻影〉是同一名精靈。再說，人類所擁有的精靈情報實在太少了，無法得知有能力將人類變成精靈的精靈究竟是否只有一名。

不過——倘若那個「某種東西」是五年前現身於天宮市南甲鎮的精靈，代表——

「是那傢伙……把爸爸和媽媽……？」

——那個真面目不明的「某種東西」，就是殺害折紙父母的仇敵。

折紙在察覺這個可能性時，「某種東西」早已消失無蹤，因此無法質問。現在折紙應該做的事是想辦法找出「某種東西」，確認其目的和真面目，以及……五年前的那天，他身在何處。

「唔……！」

想到這裡，折紙體內再次湧現嘔吐感，因而皺起了臉孔。

不只是變成精靈這麼單純。被或許是殺親仇人的存在變成精靈的這個事實化為骯髒的汙泥，纏繞著折紙的心靈。

不過，折紙強忍著不讓自己跪倒在地，面向前方。

她不明白為何「某種東西」要賜予自己精靈之力。他的目的是什麼？為什麼偏偏選擇自己？還是只是心血來潮，到處增加精靈的數量罷了？

但是——只有一件事情能確定。

沒錯。那就是現在的折紙是精靈……擁有能夠打倒精靈的能力。

AST的制式採用裝備、討伐兵裝〈White Lycoris〉、專用CR-Unit〈莫德雷德〉，利用各式各樣的裝備都無法抵達最後的領域，如今的折紙已身在其中。

能夠與恢復百分之百力量的精靈〈公主〉——夜刀神十香交戰並旗鼓相當，甚至凌駕其上的強大力量。

雖然形式糟糕透頂，但折紙總算獲得了夢寐以求的力量。

「如果是……現在的我……」

——能消滅精靈。

不只〈幻影〉，夜刀神十香、四糸乃、五河琴里、八舞耶俱矢、八舞夕弦、誘宵美九、七罪，甚至連那個時崎狂三都能——

「…………啊——」

想到這裡……

折紙愕然瞪大雙眼。

一種想法掠過折紙的腦海。

那是一種可能性。不過是折紙自行想像的荒誕之事，沒有能夠實現的確切證明。反倒應該說，成功的機率極低吧。

可是——這麼一來就吻合了。折紙獲得的精靈之力這個最後的齒輪，正巧填補了那種可能性唯一不足的部分。

「如果……真有可能做到那種事……」

折紙感到自己全身起雞皮疙瘩。不同於先前那種厭惡感，而是彷彿徘徊在黑暗洞窟深處的遇難者，看見石縫中透出一道光芒的那種類似興奮的感覺。

「……」

折紙咕嚕一聲嚥下一口口水後，向前踏出一步。

——為了尋找某個人物。

◇

「妳……妳還好嗎？十香……」

「嗯，沒什麼大礙。」

士道詢問後，全身貼滿貼布、纏滿繃帶的十香用力點了點頭。不過，那個動作似乎引起了腹部疼痛，只見十香皺起了眉頭低聲呻吟。

「唔唔……」

「看吧，就叫妳別逞強了。躺下來休息休息吧。」

「……嗯，好。」

於是十香老實地躺上床。

現在士道等人的所在地是位於來禪高中一樓的保健室。一開始為了治療十香，原本是打算前往士道家或是精靈們居住的公寓房間，不過那附近因為十香和折紙大打出手而被破壞得亂七八糟，迫不得已只好來到這裡。

房間裡並排的床上躺著十香以及折紙離去後會合的耶俱矢、夕弦和美九。她們似乎也跟十香並肩作戰，對抗折紙。

雖然出血特別嚴重的傷口已經利用七罪的能力止住，但身體的恢復還是得靠本人自己的體力。其他人也和十香一樣全身纏滿繃帶，簡直成了一具具木乃伊。如今的保健室，儼然成了封印於太古時期的王墓。

現有的醫藥物品只有繃帶、貼布和消毒水。保健室老師也不在，能施予緊急處理的人只有士道、四糸乃和七罪。不過……有這些就該知足了。

折紙離去後，士道嘗試聯絡〈佛拉克西納斯〉幫忙治療遍體鱗傷的十香，不過電話果然還是打不通。

「那個……妳還好嗎？」

「呀哈！被修理得真淒慘吶～～」

四糸乃露出憂心忡忡的表情，溫柔地用溼毛巾擦拭耶俱矢臉上的髒汙。耶俱矢一瞬間露出疼痛的表情，但隨即又發出「唔、嗯……」的聲音，裝作一副若無其事的模樣。不過她的眼角微微泛出淚光。

「嘆息。耶俱矢在逞強。」

「吵死了！本宮根本沒事啦！」

被躺在身邊的夕弦說中心思，耶俱矢不由自主地反駁。不過似乎還是很痛，她的臉孔皺成一團，再次躺回床上。

「哈哈……」

然而，如果還有精神逞強好面子，那就能放心了。士道輕輕苦笑。

……順帶一提，剛才為了替大家止血而半強迫性激發出靈力的七罪，正抱膝坐在保健室的角落，嘴裡似乎還唸唸有詞。也許是心理作用，感覺只有那個地方的燈光特別昏暗。看來為了緊急處理所有人的傷勢，她不得不逼自己承受精神上的痛苦。

「痛痛痛痛痛……」

就在這時，躺在牆角床上的美九發出細小的聲音，同時坐起身來。

「怎麼了，美九？不要勉強喔。」

士道正想走近她身邊時，她卻張開手掌制止了他。

「我不要緊——重要的是，趁我還有靈力時，必須先把事情做好才行……」

「事情？」

士道歪了歪頭，於是美九誇張地點點頭，以類似拍打響板的手勢拍了手心兩下。

「〈破軍歌姬〉——【鎮魂歌(Requiem)】。」

結果，美九的周圍應聲出現了好幾根銀管。是美九的天使〈破軍歌姬〉的一部分。

所有人驚訝得瞪大雙眼，接著美九莞爾一笑，低頭行過一禮。

「Ladies and gentlemen，歡迎來到今晚限定的演唱會。誘宵美九現在登台演出！」

美九如此說完，吸了一口氣，隨後房間裡響起悅耳的聲音。〈破軍歌姬〉彷彿與之產生共鳴般開始蠢動，擴大美九的音量。

於是——

「唔……這是……」

「哦……」

「驚嘆。疼痛減緩了。」

十香和八舞姊妹雙眼圓睜，俯看自己的身體。看見這幅情景，美九輕輕一笑。

「啊哈哈……這是有鎮痛作用的『歌』。沒有治療傷口的效果，終究只是治標不治本的程度就是了～」

「不會，幫助很大喔。輕鬆……多了。」

十香「呼～」地吐了一口氣，舒展身體。士道則是暫時鬆了一口氣。

不過，現在士道等人所處的狀況絕不能樂觀看待。至今仍無法取得連絡的〈佛拉克西納斯〉、ＤＥＭ的暗中活動，以及——

「……吶，妳們告訴我。那傢伙——折紙到底發生了什麼事？」

士道勉強克制住不讓自己的聲音因緊張而發抖，同時詢問十香、八舞姊妹和美九。

沒錯。當士道奔向戰場時，與舉起巨大的【最後之劍】的十香對峙的，並非身穿ＤＥＭ CR-Unit的巫師——而是身穿純白色靈裝、裝備天使的精靈。

士道看見十香發揮原本應遭封印的力量的模樣時，也感到相當震驚。然而，看見那名出乎意料飄浮在空中的少女，令士道的頭腦從剛才起就混亂無比。

折紙原本是人類。也就是說——折紙是在今天，而且是和十香戰鬥的期間，「變成了」精靈。事情只能這麼推斷。

這太荒唐無稽，令人難以置信。不過，士道沒辦法將它當成笑話一笑置之。畢竟他親眼目睹折紙實際變成精靈的情景。

不……正確來說，不只這個因素。

士道知道「能將人類變成精靈」的精靈。

──〈幻影〉。

五年前，出現在士道和琴里的面前，將琴里變成精靈〈炎魔〉的存在。

不知基於何種目的，將士道和琴里腦海裡關於他的記憶隱藏起來的存在。

而且──可能是殺害了折紙父母的……存在。

如果士道猜得沒錯，折紙是遇見了那個〈幻影〉，因此被變成精靈。

既然如此，和她交戰的十香等人或許也看見了他的身影。士道一邊吞嚥口水，依序環視四人的臉。

然而──

「那個嘛……詳細情形我也不清楚。我是有擊飛那傢伙一次……不過她回來的時候，就已經變成那樣了。」

十香面有難色地說道。耶俱矢和夕弦也露出同樣的表情，「嗯、嗯」地點了點頭。

「哼，她真的讓本宮大吃一驚吶。唔……那種華麗的登場，好像可以作為參考……不對，白色太不符合吾的個性了……」

「同意。驚人無比的魄力。要是十香沒有恢復百分之百的靈力，恐怕大家都性命不保。」

夕弦說完發出「唔唔」的呻吟聲。

不過，其中只有美九一個人像是理出什麼頭緒般，將手指抵在下巴。

「……唔，人家也沒有看見啦……不過，折紙搞不好也遇見神了喲～」

這麼說來，美九也跟琴里一樣，過去曾遭疑似〈幻影〉的精靈將她從人類變成精靈。關於折紙突然的轉變，會想到這個存在也是理所當然的事。

「……或許吧。」

士道輕聲如此回答後，默默地開始思索。

他不知道折紙到底發生了什麼事。不過……唯有折紙變成她憎恨無比的精靈一事，是無庸置疑的事實。

士道想起那時折紙看見他後逃往天空的表情。那張曾比任何人都還痛恨精靈的少女的臉。陷入嚴重自我矛盾的折紙究竟有何種情感在她的心中翻騰？至少——勢必受到士道難以想像的苦惱折磨吧。這令士道的心感到十分忐忑不安。

「折紙她……接下來打算怎麼辦呢？」

士道自言自語般呢喃，十香像是突然想到什麼事情一樣大叫出聲。

「對了……那傢伙說過，要利用精靈的力量殺掉精靈。而且最後……連自己也要殺掉。」

「……！」

聽見這句話，士道全身顫抖。

不對，正確來說，那也在士道的預料範圍內。不過是他得以想見的最糟糕的結果。

「折紙……」

必須盡早掌握住折紙的行蹤才行。焦躁的心情促使士道的心臟劇烈跳動。

不過事實上，對現在的士道而言，別說要追折紙了，連得知她行蹤的方法也沒有。如果是〈佛拉克西納斯〉，或許還能用自動感應攝影機或偵測裝置追蹤折紙……然而聯絡不上的話，根本也無從確認。

「唔……」

士道懊悔地緊咬牙根。想不到光是無法和〈佛拉克西納斯〉取得聯絡，竟會如此束手無策。

他重新體認到自己平常有多麼依賴琴里和令音。不過，也不能就這樣坐視不管。士道吐出一口悠長的氣息後，在腦海裡彙整接下來必須做的事情。

「……總之，必須先想辦法處理大家的傷勢才行呢。之後警報應該也會解除，然後就去醫院吧。不是像這樣只做應急措拖，最好讓醫生仔細檢查。」

雖然也必須處理折紙的事，但還是得優先解決這件事。

不過就在這個時候，士道察覺到一件事。

「啊……」

他發出細小的聲音，並且看向十香。

話說回來，士道趕往戰場時，十香顯現的是完全狀態的靈裝。也就是說——與穿著限定靈裝的其他三名精靈不同，被士道封印的靈力已完全回到十香的身上。

士道回想起以前琴里將他封印的靈力完全逆流回去時的事情。

沒錯。那時琴里曾經說過，限定逆流的靈力經過一段時間便會再次回到士道身上——但完全逆流的靈力則會就這樣處於安定狀態，必須再次進行封印。

也就是說，十香目前仍處於保有十全精靈之力的狀態。

這樣下去，AST很有可能會偵測到十香的靈波而再次鳴響警報。為了防止這件事發生，必須盡早再次封印。

「唔……」

不過，士道的臉頰淌下汗水。

再次封印，這當然就意味著——必須親吻對象。

而且所有人都受了傷。無論要將其他人趕出保健室或是只帶十香出去都很困難。

「唔？士道，你怎麼了？」

十香一臉納悶地歪了歪頭。士道內心雖然慌亂，卻還是揮揮手企圖蒙混過去。

「啊，沒事啦……」

就在這時，有某樣東西躍入士道的視野之中。

房間的天花板上鋪設有軌道，圍繞著每張床，上面垂掛著白色簾幕。

沒錯。這裡是高中的保健室，床跟床中間有簾幕隔開也是理所當然。

「各……各位，不好意思，我有點事想跟十香說。」

「……？」

聽見士道說的話，所有人都露出疑惑的表情瞪大雙眼，但還是立刻點頭答應。

士道得到大家的同意後，便解開束在牆邊的簾幕，圍起十香的床。

「士道？你到底要幹什麼啊？」

「喔喔……其實啊……」

士道將臉湊近十香的耳邊，輕聲地簡單說明再次封印的事。

原本「嗯、嗯……」應聲聆聽說明的十香突然滿臉通紅。

然後像是在確認周圍的其他人有沒有聽到一樣，東張西望環顧四周之後，再次望向士道。

「唔……也就是說，那個……行為……要在這裡……做嗎？」

「呃……對，就是這樣吧。」

「是……是嗎……」

十香感到猶豫似的雙眼游移，一會兒後便像下定決心般點了點頭，接著雙手交握在胸前，迅速閉上眼睛。這表示她願意接受親吻。

「唔……」

雖然是自己主動提出的話題，但看見十香的樣子，士道瞬間僵在原地。

那副模樣宛如睡美人，令平凡無奇的鐵管床和白色簾幕都看似化為荊棘森林的美麗睡姿。

不過，總不能一直僵下去。士道深呼吸讓心情平靜下來之後，慢慢將自己的唇靠近躺在床上的十香的唇。

不過——

「……？」

當士道將臉靠近到能感受到十香氣息的距離時，他突然將視線往上移。因為他總覺得有人在看他。

「喔啊……！」

然後不禁放聲大叫。士道的感覺是對的。剛才拉得密不透風的簾幕微微敞開，四糸乃、「四糸奈」、耶俱矢、夕弦、美九和七罪疊在一起，從那縫隙間直盯著士道和十香。

「士……士道，你在幹什麼……」

「嗚哈～～竟然在這種地方，真是大膽呢～～」

「哦……原來士道有對睡夢中的女生為所欲為的癖好啊。」

「退卻。有戀屍癖的傾向。」

「啊～～只對十香做，太奸詐了！達令，人家也要！人家也要！」

「……少……少在那裡放閃了啦，你這個現充！」

五人和一隻你一言我一語的，同時湧進簾幕裡頭。

「嗚……嗚哇……！」

「唔……？到……到底是怎麼回事啊！」

士道和十香被其他人推擠著壓在床上。

雖然美九的【鎮魂歌】十分有效，但十香等人的傷勢嚴重。學校的保健室裡響遍她們痛苦的慘叫聲。

◇

並非仰望都會的星辰，而是俯看。

街燈、窗戶透出的亮光、汽車的車頭燈、點綴街頭的燈飾。時崎狂三於睥睨街頭的高樓大廈頂樓上，眺望著在黑暗中閃爍的無數燈光之星，驀然瞇細雙眼。

那是一名美麗的少女，身穿鮮血般的紅色與影子般的黑色所構成的洋裝。一頭綁成左右髮量不均等的漆黑雙馬尾，肌膚如白瓷般白皙。

每一項要素，都足以讓人的眼、人的心，烙印下她的存在。不過，想必令見到她的人印象最深刻的部分，便是她那獨具特色的雙眼吧。

——左右顏色不同的眼瞳。而且不只是單純的虹膜異色症。她閃耀金色光芒的左眼裡，描繪著細小的錶盤，時鐘的指針滴答、滴答地刻劃著時間。

當然，擁有這種身體特徵的少女不可能只是個人類。

精靈，毀滅世界的災難。

她也是屬於人類如此統稱的其中一名存在。

「——」

此時，狂三輕輕嘆息。

話雖如此，她並非被擴展於眼下的景緻所感動，也不是突然想沉浸於甜蜜的感傷之中。那種幼稚的多愁善感，她老早就棄之不理了。狂三喜歡登上高樓建築的頂樓，也並非是想觀賞夜景，只是因為能將周圍一帶盡收眼底的場所比較容易掌握她釋放到街上的「狂三們」的位置罷了。

沒錯。單純只是因為透過自己的分身得知某件事而已。

「……哎呀、哎呀。」

狂三微微聳了聳肩，再次嘆了一口氣。

然後不到幾分鐘，理應四下無人的大樓頂樓出現了某人的氣息。狂三轉身面向後方。

「——這還真是稀客呢。」

狂三說著望向來訪者。

站在那裡的是身著純白衣裳的少女。在暗夜之中依然能保有清晰的輪廓，是因為她身上釋放出淡淡光芒。靈裝。她身上穿著的無疑是和狂三同種類的東西。

不過，狂三看見突然來訪的精靈，嘴角上揚說道：

「好久不見了呢，折紙。」

沒錯。那名精靈的容貌正是前ＡＳＴ隊員，同時也是狂三過去的同班同學，鳶一折紙。

「呵呵呵，當時沒『吃掉』妳果然是正確的呢。沒想到妳看起來竟然變得如此可口，超乎我的期待呢。」

「……」

看見狂三舔了舔嘴唇，折紙依然面不改色。無論是警戒、慌亂，甚至是厭惡感，從她的臉上都無法看出這些情感。

原本以為折紙想表達根本無須警戒狂三的意思——然而，事實恐怕不是如此。雖然沒有確切的證據，但不知為何，狂三感覺折紙的眼眸深處潛藏著其他意圖，能令她全然忽視其他情感的強烈意圖。

不過，狂三無法解讀折紙的目的究竟為何。她與片刻之間沉默不語的折紙交會視線後，「呼～」地吐了一口氣。

「話說回來，虧妳找得到這裡呢。」

「……」

狂三說完，折紙緩緩將右手移動到前方——她那揪住癱軟無力的「狂三」脖子的右手。

「嗚……啊……」

與狂三長相一模一樣的少女發出痛苦的呻吟。仔細一看，她身上穿的靈裝到處都是慘不忍睹的傷口。看來在抵達這裡之前，她被狠狠修理了一頓。

「——就算要找到妳本人很困難，但對現在的我來說，要捕捉好幾名混進街頭的妳的分身不是件難事。」

折紙說著放開分身的脖子。

「唔……咳……咳……！」

分身趴倒在頂樓後咳了好幾次，憤恨地仰望著折紙，逃也似的消失在影子中。

「哎呀、哎呀，妳還真是粗暴呢。」

「沒有殺掉她，已經算是手下留情了。」

「哦……是嗎？」

狂三用手指撫摸著嘴唇，蹙起眉頭。

「所以呢，妳找我究竟有何貴幹？難道妳認為只要變成精靈，就能戰勝我嗎？妳若是以分身的力量作為標準，可是會吃苦頭喲。」

狂三說完挑釁似的勾了勾手指。

即使如此，折紙依然沒有發動攻擊，只是靜靜地凝視著狂三的眼睛，開口說道：

「……我……並不是來找妳挑戰。」

應該可以相信她的說詞吧。如果折紙對狂三抱有敵對意識，就不會放過她的分身，早就殺死她了才對。

不過狂三揚起嘴角，語帶挑釁地說道：

「哎呀，真不像是討厭精靈的折紙小姐會說出的話呢。妳現在可是跟殺了好幾個人類的精靈對峙喲，不發動攻擊討伐我行嗎？」

「……」

這時，折紙才第一次抽動了一下她的眉毛。即使如此，折紙依舊沒有要攻擊狂三。

愈來愈搞不懂折紙的目的。狂三誇張地聳了聳肩。

「那麼，妳到底找我做什麼？應該不是來約我喝茶的吧？」

狂三說完，折紙一本正經地點了頭。

「我希望妳……回答我一個問題。」

「問題……嗎？呵呵呵，答不答得出來，還得看妳發問的內容囉。」

狂三打趣似的說了。折紙應該是將狂三的回答視為同意的意思，筆直凝視著狂三繼續說：

「妳的天使〈刻刻帝(Zaphkiel)〉是操縱時間的天使。然後，錶盤上面的十二個數字，分別擁有不同的能力。」

「……」

狂三一語不發地撫摸下巴。

折紙說的話大致上無誤。不過……這也沒什麼好警戒的。她雖然不曾向折紙親切詳細地說明，但折紙以前曾經目擊過她使用天使〈刻刻帝〉的場面。

可是，折紙接下來說的話令狂三不由自主地皺起眉頭。

因為——

「——那十二個數字當中，有將擊中的對象送回過去的子彈存在？」

折紙正確地說中狂三從未在別人面前施展過的最後子彈——【十二之彈(Yud Bet)】的能力。

話雖如此，像她這種冰雪聰明的少女，想必能夠輕易地從以往所見過的〈刻刻帝〉能力中類推出其餘的能力吧。操縱時間的力量——能猜想到回溯時間或許也是理所當然吧。

「……如果有，那又怎麼樣呢？」

狂三露出疑惑的表情反問折紙。

要說謊、要裝傻都輕而易舉。不過，狂三沒有這麼做。事發突然令她大吃一驚也是原因之一……更重要的是，說出「沒有」的瞬間，似乎會連自己的願望也否定掉。

折紙或許是將狂三的回答視為肯定，只見她繼續說道：

「——時崎狂三，我想要借用妳的力量。」

「……什麼？」

聽見折紙說出意料之外的話語，狂三不禁瞪大了雙眼。

「妳剛才……說什麼？」

「我說我想要借用妳的力量。妳的……天使之力。」

「……哎呀、哎呀。」

狂三撫摸著下巴，像是在探索折紙的意圖般打量她的全身。

「妳想說的是，要我為了妳使用【十二之彈】嗎？」

「沒錯。」

「……」

狂三默默地露出溫和的笑容後，倏地張開右手。

於是一把老式的步槍便從影子飛到她的手中。同時，狂三將槍口指向折紙，猶不猶豫地扣下扳機。

早已裝填到槍身的影子子彈朝折紙發射而去。

不過，在子彈即將陷進折紙柔軟的肌膚時，她的身體化為一道光隨即消失，影子子彈失去目標，筆直劃破暗夜。

片刻之後，狂三感覺到背後有人的氣息，立刻回過頭。剛才消失的折紙竟站在她的身後。

「妳的力量非常強勁，但沒打中就沒有意義。」

「……哎呀、哎呀，妳學會了很精彩的戲法呢。」

狂三隱藏內心的不悅，輕鬆地笑著繼續說道：

「不過，剛才的舉動就是我的答案。很遺憾，無法達成妳的期望。【十二之彈】在我擁有的子彈中也是特別的一發，沒有道理非得用在妳身上不可。」

沒錯。【十二之彈】是狂三的最後之彈，是達成狂三夙願的唯一手段。

沒有道理用在突然現身的折紙身上。

「……」

即使狂三如此說道，折紙仍舊目不轉睛地凝視著狂三的眼睛，沒有要移動的意思。

就這樣不知經過了多久，舉白旗投降的狂三深深嘆了一口氣。

「我還是……姑且問問看吧，妳打算用【十二之彈】做什麼？應該不是想見年幼時期天真無邪的士道……這種理由吧？」

狂三並非改變了心意。不過，她對獲得精靈之力的折紙打算用【十二之彈】來做些什麼——感到非常有興趣。

「…………」

折紙思考了片刻之後點了點頭，開啟雙唇：

「我希望妳開槍射擊我——將我送回『五年前的八月三日』。」

「……五年前？」

狂三一臉疑惑地蹙起眉頭。

「妳回到那個時代，究竟想要做什麼？」

面對狂三的詢問，折紙一瞬間露出犀利的視線，然後繼續說道：

「『我要回到五年前殺死殺害我父母的精靈。抹滅爸爸、媽媽死掉的事實——用我的力量改變歷史。』」

折紙說完握緊拳頭，像是在表達她的決心。

聽見她的回答，狂三微微頓住了呼吸。

「……是……這樣嗎？」

狂三並非被折紙的決心所震懾。只是——聽見那個目的，她有一瞬間將自己的身影重疊到折紙的身上。

「如果我拒絕，妳打算怎麼辦呢？」

「我會使出千方百計，直到妳答應為止。」

「……哦，妳還真敢說呢。」

狂三皺起臉孔，再次將槍口指向折紙。

顯而易見的，她所謂的千方百計這句話中也包含了強硬的手段。能夠感受到她只有要心，再怎麼勉強都會讓狂三發射【十二之彈】的意志。是太小看狂三了嗎？還是突然獲得精靈的力量，讓她得意忘形了呢……？

不對，那個鳶一折紙不會因為這種理由錯估戰力。既然如此，折紙之所以會吐出那幾近挑釁的話語，是真心認為能使狂三屈服嗎——要不然就是沒做任何打算，就只是佇立在狂三的面前，這兩個理由吧。

難以想像聰穎的折紙會做出魯莽的行動。不過，狂三再怎麼想都認為折紙應該是採取後者的行動。

冷靜沉著的折紙會不顧前後行動的理由；為了抓住甚至無法確認是否真的能辦到的可能性，而站在敵人面前的理由。

挽回無可挽救的過去的可能性。

重新改寫既定事實的可能性。

那個甜美的誘惑極其容易闖進人的內心，如毒品般漸漸擴大侵蝕。即使本人有所自覺仍會拚命渴求。

——狂三深切地理解那種心情。

「……」

她一語不發地放下槍口。

「……好吧。要我在一次都沒有射擊過【十二之彈】的狀態下『正式上場』，我也會感到不安。就拿妳當作白老鼠吧。」

「……！真的嗎？」

折紙雙眼圓睜如此說道。那副表情純粹得難以從平時折紙的臉上想像得到——甚至宛若一名天真無邪的孩童。

「……總覺得步調都亂了套呢。」

狂三搔了搔臉頰，清了清喉嚨重新振作精神。

「話雖如此，使用【十二之彈】需要龐大的靈力。當然，我完全不打算使用我的靈力。妳願意提供靈力嗎？」

「無所謂。大概需要多少？」

折紙以真摯的眼神詢問。狂三豎起食指後，觸碰嘴唇彷彿在思考。

「會依據回溯的時日離現在多久而有所變化。時間愈是久遠，靈力消耗的指數函數也會增加。若是要回到三十年前，很有可能會要了一名精靈的性命。」

「……三十年前？」

折紙露出納悶的神情。狂三隨意揮了揮手敷衍過去後，再次望向折紙的眼睛。

「另外還有——對了。依據停留過去的時間長短，使用的靈力量也會有所變動……不過，這件事連我也沒有試過，無法掌握感覺。當然，我想不至於會從過去臨時返回現在，只是很可能無法回到確切的指定時間。」

「無所謂。只要馬上解決就沒問題。」

折紙聽了狂三說的話便立刻如此回答。

看來她非常有自信，從她的眼裡感受不到一絲迷惘和猶豫。

實際上如果是現在的折紙，就算耗費了回溯五年所需要的靈力，要經歷一場戰鬥仍綽綽有餘吧。折紙散發出的濃密靈力，光是像這樣與她面對面都能強烈地感覺到。

「是嗎？那麼──」

狂三當場轉了一個圈後，以空著的左手抓起裙襬，誇張地鞠了一個躬。

「那我們立刻開始吧。好了，過來吧，〈刻刻帝〉。」

於是配合狂三的聲音，一只巨大時鐘錶盤便從盤踞在狂三腳邊的影子裡出現。

〈刻刻帝〉。狂三所持有的操縱時間的天使。

狂三將早已拿在手中的步槍槍口指向上方，同時像是踏著舞步般用腳踏了兩下。

於是那一瞬間，狂三的影子擴展它的面積，在大樓的頂樓上爬行並盤踞到折紙的腳邊。

「──這是……」

折紙應該立刻就察覺到異常了，只見她微微皺起眉頭。

「呵呵呵，妳還記得嗎？」

狂三揚起嘴角露出一抹微笑。折紙以前應該也在學校踏過這道影子。

〈食時之城〉。是狂三的能力，藉由擴展狂三的影子，從踩踏到它的人那裡吸收「時間」。

而且，這並不是平常用來大範圍吸取時間的那種招式，而是將影子濃縮至極限，設定能直接從對象人物身上吸收靈力的特別版。想必折紙現在應該感覺到自己的力量正急速流失吧。

「如果要放棄，現在是最後的機會喲。我這個人很不老實。搞不好會盡情吸取完妳的靈力後，就違背約定喲？」

狂三說完露出令人生厭的笑容。

不過，折紙依舊筆直地凝視狂三，不打算移開視線。

「……即使如此，我還是只能仰賴妳。」

「是嗎？」

真不像是那個擅於打如意算盤的折紙會說的話。狂三傻眼地嘆了一口氣，等待從折紙身上吸取完十足分量的靈力後，在握住步槍的右手施加力道。

正如狂三自己剛才所說的一樣，她也能吸乾折紙的靈力。抑或是，吸取超過射擊【十二之彈】所需要的靈力。

然而，狂三卻沒有那麼做。理由……連她自己也不太明白。

或許，她想要親眼見證吧。

見證除了自己，找到——好不容易才找出「那個」方法的少女會開拓出什麼樣的道路。

——或是，抵達什麼樣的末路。

「〈刻刻帝〉——【十二之彈】！」

接著高聲吶喊。呼喚她即使了解其存在和能力，卻從未發射過的最後之彈的名字。

〈刻刻帝〉發出以往未曾聽過的吱嘎聲響，開始釋發出黑色的光芒。靈力的餘波如雷一般躍動四濺。

不久後便朝一點——錶盤的XII集中，隨後立刻迸發出濃密的影子，被吸進狂三高舉的步槍槍口當中。

納入子彈的步槍感覺在手中震動。超高濃度的靈力正在步槍中暴動。

宛如有一名隱形人正在阻止狂三，不讓她射擊那發子彈。感覺像是將超越時間這個不可逆、不可侵的存在，違背神與條理的力量掌握在手中。

狂三揚起嘴角冷冷一笑，將槍口指向折紙——扣下扳機。

「好了，一路順風，折紙。為了實現妳的夙願。」

從槍口釋放出的漆黑子彈，在空間描繪出黑色的軌跡筆直飛去——

「……！」

觸碰到折紙胸口的瞬間，子彈剜挖折紙的身體，像是要將她捲入子彈的旋轉一般。

接著，子彈剜挖的洞口愈來愈大，不消片刻，折紙的身體便像是被拉進彈道一般扭曲，從那個空間消失。

「……呼。」

一會兒後，狂三望著夜風輕撫過剛才鳶一折紙所在的空間，放下步槍。

「——讓我見識見識神會容許重寫世界這種愚蠢的行為到何種地步吧。」

狂三自言自語般低喃後，鬆開手讓步槍落入影子中。

◇

「嗚……」

折紙微微皺眉。當狂三發射的子彈觸碰胸口的瞬間，彷彿自己的存在快要被扭斷似的感覺朝她侵襲而來，隨後她的意識便一瞬間中斷。

沒有痛楚。但有種被人抓起腳不斷旋轉身體之後的暈眩感和嘔吐感，盤踞在折紙的胸口。

「……！」

那一瞬間後，折紙不由自主地屏住呼吸。

意識逐漸清醒的同時，這次換成強烈的重力和飛舞在天空般的飄浮感朝她侵襲而來。

沒錯。折紙現在正頭部朝地從空中墜落。

「呼——」

折紙於身體微微施力後，便靜止在空中，端正姿勢。

方法跟使用CR-Unit操作隨意領域時沒什麼太大差別。都是在腦中下達指令，配合指示扭曲包覆自己的空間那樣的感覺。

是精靈的能力本質上與巫師相似嗎？還是在折紙的記憶中，認為操作CR-Unit的感覺很符合掌

控精靈的能力，而擅自將兩者連結起來呢？雖然無從判斷，但無論如何，對折紙來說都是僥倖。

如果沒有將「飛舞空中」這種感覺視為常識，肯定無法在瞬間做出判斷，會一頭撞上地面吧。雖然現在的折紙就算從高處墜落，也不至於喪命就是了。

「這裡是……」

折紙因為至今仍殘留在腦部的輕微疼痛而皺起眉頭，同時掃視空中。

奇妙的感覺。剛才漆黑的天空像倒帶一般變得明亮。雖不知道正確的時間，但頂多是傍晚前吧。是太陽開始西斜，建築物的影子開始拉長的時段。

然後從上空環視街頭，折紙發現地面上的模樣跟剛才在大樓頂樓看到的風景略顯不同。

正確來說，大道和土地區劃的形狀幾乎沒什麼變化。不過，鱗次櫛比的建築物和懸掛的廣告招牌，跟折紙記憶裡的樣貌不同。

若要再舉一個不同的地方，就是行道樹和公園樹木的模樣也與剛才有所差異。折紙記憶中染成紅色的樹葉，如今鬱鬱蔥蔥、青翠得宛如盛夏。

此時，折紙朝自己的正下方望去。結果發現有各式各樣的重機械並排在高層建築物地基部分的旁邊。

——話說回來，折紙與狂三剛才談話的那棟大樓，在五年前還尚未完工。

意識到這一點，折紙再次抬起頭。

「——五年前的……天宮市。」

說出這句話後，折紙感到自己全身起了雞皮疙瘩。因內心興奮而導致心跳加速，好一陣子發不出聲音。

不過這也理所當然。理應絕對不可能實現的夙願終於達成的瞬間所帶來的安心感，究竟有誰會怪罪。五年來將四分之一以上的人生都獻給報仇的少女的感慨，究竟有誰會嘲笑。

成為精靈，藉由精靈的力量，回到過去殺死精靈。一時半刻難以相信的異常狀況。若是在前一天告知折紙這件事，恐怕只會被她當成惡劣的玩笑話吧，這件事情就是如此荒唐無稽。

不過，透過五感感受到的世界全都是現實，用不著捏臉頰也能確信這是事實。

折紙現在——回到了過去。

回到五年前的八月三日。

回到折紙的父母遭精靈殺害的那一天。

回到她追尋、希冀、渴求——卻又遙不可及的那一天。

「——啊啊。」

折紙發出誰都聽不見的感嘆聲，吐出細長的氣息。

然後握起拳頭，宛如再次下定決心般露出鋒利的視線。

——現在，感嘆到這裡就好。

接下來要說話，就等達成目的再說吧。

沒錯。折紙不過是終於站上舞台罷了。關鍵時刻現在才要開始。折紙的腦海中，回想起當時看見的光景。

熊熊燃燒的城鎮；被從天而降的光芒灼燒的父母；飄浮在空中、可恨的精靈輪廓。

她要在父母親被殺害之前殺死那名精靈，抹消父母死亡的事實。她要改寫以往「如此」呈現的世界。

在這件事完成之前，折紙不容許自己掉淚。

敵人是精靈，同時也是世界。不過，折紙的內心沒有一絲畏懼和猶豫。

有的只是，熾烈的復仇心，以及光輝燦爛的……希望。

折紙像是要擦拭即將奪眶而出的淚水般，以大姆指搓揉眼角後，轉向後方大聲吶喊：

「〈滅絕天使〉——【天翼】。」

同時，折紙周圍的空間冒出閃閃發亮的光粒子，旋即集中於折紙的背部，顯現出羽翼形態的〈滅絕天使〉。

折紙振動【天翼】的羽翼，高速滑翔於空中。

前進的方向，當然是——南方。

直到五年前為止，折紙生活過的天宮市南甲鎮的方向。

雖然成功回到了過去，但不知道究竟能在這裡停留多久。既然如此，就只能速戰速決。都走到這個地步了，若是沒有找出那名精靈仇敵——不對，就算找到，但在打倒他之前時間就到了的話，那才真是令人慘不忍睹。

折紙喚醒長年來內心懷抱的殺意，趕往目的地住宅區。

不久後，耳邊響起尖銳的聲音。

折紙一瞬間還以為是空間震警報——然而，並非如此。這是火災警報以及消防車和救護車的警笛聲。

「……！」

與此同時，折紙感覺到眼前的景色猶如大熱天產生的陽燄現象般開始晃動。

前方的街道——正在燃燒。

不是比喻，也不是玩笑話。在視野中擴展開來的住宅區，宛如遭到空襲一般，燃起通紅的熊熊火焰。警報與警笛聲當中摻雜了建築物的倒塌聲、震耳欲聾的火焰聲，以及不知該往何處逃竄的人們的驚叫聲，那幅情景宛如地獄。

那是折紙記憶裡也曾發生的五年前的南甲鎮大火災。

正於折紙的眼前上演。

「……既然如此——」

過去的記憶被喚醒，折紙一瞬間差點陷入精神恍惚的狀態，但她馬上又打起精神。

這場大火災是五河琴里——火焰精靈〈炎魔〉所引起的。無法控制精靈的力量，龐大的靈力餘波將四周化為一片火海。

既然如此，他現在應該就在現場才對。

——將五河琴里變成精靈的「另一名精靈」。

「呼——」

折紙意識到這一點的同時，便降低高度，巡視街頭。

火星四濺，黑煙繚繞，視野極差。不過折紙不予理會，依舊掃視著街頭。

然後——她發現了。

一名年約小學生的少年，和一名身著散發出淡淡光芒靈裝的年幼少女。

「……士道……！」

折紙不禁發出聲音。

沒錯。那兩個人無庸置疑，正是折紙的戀人五河士道，以及他的妹妹——五河琴里五年前的模樣。

這也就意味著——

「——」

折紙嚥下一口口水，並且將視線從士道兩人身上略微錯開。

頹倒在地的士道兩人的身旁。

「那個」……

就在那裡。

年齡、性別、身材，一概不知。不過，「某種東西」確實就在那裡。

其存在宛如被雜訊籠罩的精靈，就站在那裡。

那副模樣，果然酷似賜予折紙精靈之力的存在。他們是同一存在嗎？還是只是以同樣的方法隱藏住真面目的其他存在呢？

不過，這種事情對現在的折紙來說，不過是微不足道的芝麻小事。

「——找到……了。」

折紙宛如呢喃般發出聲音。

與此同時，感覺全身的體溫驟降。

「找到了。找到了。找到了

——終於，找到你了。」

意識變得清晰，視野中只容得下那名精靈——〈幻影〉。

終於找到宛如戀愛中的少女心心念念的仇敵，折紙的頭腦卻異常地冷靜。冷冽無比，甚至到有可能會凍傷的程度。

感覺自己全身上下都逐漸轉變為最適合殺掉「那個」的狀態。現在的折紙整體化為一股殺意，同時也是一把刀刃。

「——〈滅絕天使〉。」

她高舉右手，呼喚這個名字。

於是，顯現於折紙背後的一邊翅膀獨立飛舞至空中，將它的前端朝向下方。

下一瞬間，〈滅絕天使〉的前端便迸發出光線，攻擊站在地面上的〈幻影〉。

然而，在光線即將命中他的那一瞬間，〈幻影〉開始蠢動，隨後便當場消失無蹤。

「……」

但是，折紙並沒有焦急。她緩緩地抬頭望向前方。

於是，空中——與折紙同樣的高度，便出現剛才還待在地面上的〈幻影〉的影姿。他似乎在那一瞬間避開折紙的攻擊，飛到這裡來。

【——咦？】

〈幻影〉以模糊的聲音對折紙說道。

【有人突然朝我攻擊，我還以為是何方神聖呢……妳是……精靈嗎？】

由於雜訊籠罩住他的身體，無法辨認他細微的表情，但隱約能感覺到〈幻影〉表現出驚訝的姿態。他饒富興味地打量折紙，繼續說道：

【而且，那個天使——是〈滅絕天使〉嗎……？這到底是怎麼回事啊？我還保有那個靈魂結晶耶。】

〈幻影〉歪了歪頭說道。

從他的話裡能推測出位於眼前的精靈，果然與賜予折紙靈力的「某種東西」是同一存在。

不過，現在的折紙已經沒有從仇敵身上獲得力量的厭惡感。反而對於〈幻影〉遭到給予自己的力量所攻擊的失策，有種近似優越感的激昂情緒。

【吶，妳是誰？究竟是從何而來？為什麼要攻擊我？】

「——啊啊啊啊啊啊啊！」

折紙沒有回答，高聲吶喊後將右手朝向前方。

於是，〈滅絕天使〉的前端便配合這個動作朝向前方，對著〈幻影〉釋放出光線。

〈幻影〉像剛才一樣蠢動身體，在千鈞一髮之際閃過了攻擊。

【……這確實是〈滅絕天使〉——沒錯呢。如此一來，能夠想得到的……就只有利用〈刻刻帝〉的力量回到過去了吧？如果真是如此……我還真有點意外呢。想不到那孩子竟然會把力量借給別人。】

〈幻影〉自言自語般咕噥。不過，現在的折紙根本無心理會那種事。

「【光劍】……！」

——折紙兩手大張，羽翼形狀的〈滅絕天使〉便配合她的動作，四分五裂分散到空中，將前端朝向〈幻影〉。

「——喝啊啊啊！」

折紙吶喊的同時，所有〈滅絕天使〉的前端朝〈幻影〉放射出光線。

【——！】

〈幻影〉屏住呼吸，在岌岌可危之際，如滑行般於空中一一閃避攻擊。

不過，〈滅絕天使〉從四面八方接連不斷地持續攻擊。不同於第一次攻擊時避免傷害到士道而控制力道，這次是竭盡全力展開攻勢，威力十分強大。

〈幻影〉或許也判斷再待在現場終究會被命中吧。他穿梭於〈滅絕天使〉之間，往後方撤退，就這麼飛向天空逃離折紙。

「休想逃跑……！」

折紙露出銳利的視線，在〈滅絕天使〉仍分散於周圍的情況下，自己也朝空中一蹬，追在〈幻影〉後頭。

折紙追逐描繪著複雜軌跡飛舞於空中的〈幻影〉，並且再三釋放出光線。〈幻影〉閃開全部的攻擊，同時漸漸縮短移動距離。

【唉……看來妳跟未來的我似乎有什麼深仇大恨呢。】

不知持續追逐了多久，〈幻影〉發出不耐煩的聲音，一邊閃避自由自在於空中四竄的光線。

【……不過，很抱歉，我不能在這裡讓妳殺掉。因為我也有必須實現的願望。】

「……！」

聽見這句話，折紙眉頭深鎖。

「你說——願望？」

宛如呼應折紙說的話一般，〈滅絕天使〉如鶺鴒飛舞於空中，在天空拖曳出一條光線。

「殺死我的爸爸……和媽媽，還談什麼願望……？開什麼玩笑、開什麼玩笑、開什麼玩笑啊……！我不會讓你有時間祈求、許願。你就百事無成地去死吧。消失得不留一絲痕跡吧。我要你那空虛的心，只懷抱著後悔消失在這個世界上——！」

不過，聽見折紙說的話，〈幻影〉一臉疑惑地歪了歪頭。

【妳的爸爸和媽媽……？妳在說什麼啊？我沒有印象耶。不好意思，妳是不是認錯人了？】

「……！」

聽見〈幻影〉的回應，折紙屏住了呼吸。

話雖如此，〈幻影〉會如此回答也是理所當然的事。因為現階段他還沒有殺死折紙的父母。

追究他沒有犯下的過錯，他會無從回答也是實情吧。

不過，〈幻影〉的回應顯示了一件純粹的事實。

他回答「沒有印象」。

也就是說，如果〈幻影〉不是在裝傻，在本來幾分鐘後應該就會殺死折紙父母的這個狀況下，〈幻影〉甚至不知道他們的名字和存在。

這個行動沒有計畫性、沒有道理——沒有……理由。

對這個精靈來說，殺害折紙父母的事實不是基於某種主義和目的，而只是一時心血來潮嗎

——不過像踩死路邊的螞蟻一樣，微不足道。

折紙感覺她原本因憤慨而瘋狂的頭腦，被攪亂得更是一塌糊塗。

憤怒在全身四處亂竄，快要衝破皮膚。

連折紙也早已不知道該如何表達這種感覺。憤怒、殺意、憎恨。這些字眼，連一成也沒表現出充滿折紙內心的狂亂情感。

不過，唯一能確定的是——折紙絕不容許〈幻影〉存在於這個世界上。

「你這個……混帳——！」

隨著折紙發出咆哮，分散於空中的所有〈滅絕天使〉一齊發射出光線，攻擊〈幻影〉。不過，〈幻影〉以絕妙的動作閃過全部的攻擊。

然而——這也在折紙的計算之內。折紙在短短幾分鐘的攻防戰中，看穿了〈幻影〉閃避攻擊的習慣，故意發射出令他容易躲避的光線。

沒錯。〈幻影〉只能往某個地方挪動的安全地帶；能夠在岌岌可危時躲開所有光線的場所。反過來說，也能形成包圍他的光之牢籠。

能夠保持牢籠的形狀只有短暫的時間。不過，那樣就已十分足夠。

「——喝啊啊！」

折紙在光線的軌跡還殘留在空中的階段，集結〈滅絕天使〉，在〈幻影〉的頭上變化成王冠的形態後，像是要將〈幻影〉從空中擊落般，從前端朝下方發射出極大的光線。

【……！】

〈幻影〉首次表露出驚慌。

不過，折紙太早下判斷了。〈幻影〉或許自認為沒辦法毫髮無傷地躲過這波攻擊，便用身體衝撞包圍住他的光之牢籠，於千鈞一髮之際避開從頭上傾注而下的光線。集結折紙靈力的必殺一擊失去目標，直接射入地面。

同時，包圍〈幻影〉的靈力防護牆，與化為牢籠的〈滅絕天使〉的光線互相觸碰，靈力如火花般四濺。強烈的光芒蔓延四周，令人一瞬間頭暈目眩。

不過，〈幻影〉並未趁機攻擊折紙。

他留在原地，靜靜地發出聲音：

「……剛才的攻擊很精彩。就連我也沒辦法完全閃過。沒想到妳竟然能對〈滅絕天使〉運用得如此自如。」

「——？」

折紙不由自主地皺起眉頭。

至今為止分辨不出是男是女、費盡一番力氣才能聽清楚的〈幻影〉的聲音，如今卻清晰地震動著折紙的鼓膜，令人驚訝萬分。

沒錯。那是一道——年輕女性的聲音。

「……不過，真傷腦筋呢。如果可以的話，我想盡量避免麻煩事，但又不可能不將靈魂結晶交給能夠施展如此強大力量的少女……我這是明知對方會跟自己作對，還創造出叛逆的精靈……是嗎？」

接著〈幻影〉轉過身背對折紙。

那副模樣，並非全身被雜訊覆蓋、真面目不明的存在——而是長髮飄逸的少女。

恐怕是硬撞破折紙的光之牢籠時，覆蓋在她身上的雜訊之膜一時之間消失了吧。至今為止完全無法辨認的〈幻影〉的真面目，如今攤在陽光下。

不過，折紙短暫停止攻擊的理由，並非只有這一點。

——折紙似乎曾經聽過她的聲音。

「妳……是——」

少女漠視折紙的聲音，繼續說道：

「……算了，這也無可奈何吧。畢竟力量強大的精靈誕生是值得慶幸的事。我就勉為其難接受這一擊吧。全都是——為了我的願望。」

少女如此說道，就這麼背對著折紙，輕輕揮了揮手。

「——再見啦。我就此告辭了。反正今天的目的也達到了。雖然我很想再見識見識妳的能力……不過再待下去，似乎也不會有什麼好事。」

瞬間，少女的身影緩緩地消失在虛空中。

「……！等一下！」

折紙再次將〈滅絕天使〉分解得四分五裂，像是要射穿少女的背部般發射出好幾道光線。

然而——為時已晚。

〈滅絕天使〉的光線穿過少女的影子，延伸至天空的彼方。

「唔——」

折紙狠狠瞪視著少女消失的天空，憤恨地咬牙切齒。

讓殺親仇人在眼前逃跑的悔恨在全身四竄。

「……」

不對。折紙像是否定自己的想法般甩了甩頭。

折紙確實讓〈幻影〉逃脫，無法替父母報仇雪恨。

但是，她達成了最大的目的。

沒錯。〈幻影〉消失便意味著——殺害折紙父母的精靈已不存在。

「——啊……啊。」

折紙仰天發出聲音。

折紙的父母可以不用遭到殺害。

這樣子——就改變了。

世界被改寫了。

等狂三的子彈時限一到，回到現代後，那裡應該會有溫柔父母的笑容在等待著自己。

「爸爸……媽媽……」

折紙的眼角泛出淚水。

她終於成功了。

親手挽回了父母的性命。

她消除了絕對無法推翻的事實。

——不過……

「……？」

就在這個時候——

折身察覺到一件事。

「這裡是……」

她一邊說話，同時俯看在眼下擴展開來的景色。

那裡當然是被火焰包圍的住宅區一角。不過仔細一瞧，她覺得那條街道的形狀很眼熟。

沒錯。那裡，正是折紙過去所居住的場所。

「——咦？」

然後，折紙發出細微的聲音。

飛舞在空中的折紙眼下，有一名少女的身影。

看見她的模樣，身體一瞬間被束縛的感覺朝折紙襲來。

那是一名用髮夾夾住及肩的頭髮、年約國小高年級的女孩子。長相雖然可愛，但如今她的臉龐卻因為黑色煙灰與茫然的表情，被點綴成悲壯的神色。

「那……是——」

折紙開啟顫抖的雙唇說道。

沒有錯。那無庸置疑就是——

——五年前的折紙。

「咦……啊——」

怦怦、怦怦。

心臟在跳動。

頭腦宛如被人一圈圈攪拌的感覺。

有一股想將眼、耳、鼻——所有的感官破壞，斷絕外界傳來的訊息的衝動。

不過，折紙看見了。

半下意識地移動了視線。

——癱倒在地的小學生折紙視線所及的前方。

「啊……啊……」

五年前的折紙眼前，存在著比周圍還大一圈的破壞痕跡。

被破壞得體無完膚的柏油路。無論是火勢再怎麼強的火災，火焰都不可能造成這樣的災害。

簡直就像是——「光線從上空傾注而下般」的痕跡。

然後，那道破壞痕跡的中央……

散落著無數恐怕數秒前還是人形的肉片和骨頭碎片。

沒錯。正巧就在……折紙剛才朝〈幻影〉發射光線的正下方一帶。

「啊、啊、啊、啊、啊、啊……」

視野搖晃、喉嚨沾黏、指尖顫抖。

——過去見過的光景，鮮明地重現。

五年前，折紙回到被火焰包圍的住宅區，在自家門前與父母相見。

父母都平安無事。折紙由衷感到歡喜、放心。

然而，下一瞬間。從天而降的光芒一瞬間將折紙眼前的父母消滅。

只要閉上雙眼，至今能回想起如惡夢般的光景。

……沒錯，折紙當時仰望天空。

傾注光芒的方向。為了尋找殺害父母的犯人的身影。

然後——她看見了。

有一道輪廓飄浮在空中。

五年前不知道精靈存在的折紙是如此形容那個身影。

——天使。

「——」

此時，地面上五年前的折紙抬起頭，望向折紙的方向。

折紙沿著她的視線，顫抖著雙手將視線往下移。

然後，打量自己的全身。

覆蓋折紙纖瘦的身軀、散發出淡淡光芒的純白靈裝。

彷彿包圍住靈裝飛舞於空中的無數「羽毛」。

對精靈一無所知的人看見那副模樣——

——肯定會認為是天使吧。

「啊、啊、啊、啊啊啊啊啊啊啊啊啊啊啊啊啊啊。」

全身顫抖。

折紙抱著頭，扭動身軀。

感覺自己逐漸磨滅、消失。

不對，或許那近似於她的願望吧。

想立刻消滅自己的厭惡感充滿著她的腦髓。無法允許自己存在的絕望填滿了內心的縫隙。

就在這個時候，地面上渺小的折紙露出絕望與憤怒的表情，開口說話。

那聲音被四周鳴響的警笛聲和建築物的崩塌聲所掩蓋，聽不見。

不過用不著震動鼓膜，那聲音也鮮明地傳達到折紙的腦海裡。

——就……是……妳……把爸爸和媽媽……

——不能……原諒……！殺了妳……！我——絕對要殺了妳……！

那是……

折紙在腦海裡重覆無數次的詛咒。

折紙理解了一切。

全都理解了。

五年前，在這裡，天宮市南甲鎮的火災現場，正如士道他們所說，確實存在著複數的精靈。

不過……精靈「並非兩人」。

引起火災的〈炎魔〉五河琴里。

將琴里變成精靈的〈幻影〉。

以及——為了討伐〈幻影〉而從未來回到過去的……折紙。

存在著三名精靈。

折紙發出沙啞的聲音。

「……是……我……把爸爸和媽媽——？」

沒錯。〈幻影〉並沒有殺害折紙的父母。

直接殺死折紙父母的一擊……

正是折紙本身釋放出的〈滅絕天使〉的光芒。

「啊、啊、啊。」

意識到這個事實的瞬間……

折紙有種擴展於視野的景觀顏色反轉過來的錯覺。

「啊啊

啊啊啊。」

世界翻轉過來的感覺。

折紙在失去意識的前一刻，感覺自己的心逐漸被塗抹成黑色。

第五章　降下黑暗的夜之魔王

時間是晚上十點三十分。士道一行人位於市內醫院的一間病房。

在那之後，空間震警報馬上解除，人潮回到了街上和學校。在保健室裡遍體鱗傷倒在床上纏鬥的士道等人挨了保健室老師一頓罵，指責他們為什麼沒去避難後，便馬上被移送到醫院。

雖說是處於封印狀態，但精靈的身體仍舊比人類強韌，傷勢復原得也比常人迅速許多。

話雖如此，但所有的人並不像琴里和狂三那樣，能立刻治好傷口，因此她們的身上仍留下令人目不忍睹的傷痕。看見她們的傷勢，保健室老師會不容分說地打電話叫救護車也是理所當然。對於原本就打算帶大家到醫院的士道來說，省了一番功夫，倒也樂得輕鬆。

「唔……士道，我肚子餓了……」

被醫護人員重新完美地包紮完繃帶的十香如此說道。士道露出苦笑，聳了聳肩。明明不久前才吃完晚餐，不過適量的醫院餐點確實無法滿足十香吧。

「……受不了，真拿妳沒辦法。不過已經很晚了，只能吃好消化的東西。我去便利商店買果凍回來好嗎？」

「嗯！」

十香精神奕奕地點了點頭。結果，在一旁聽見兩人對話的其他精靈發出不滿的聲音。

「喂，士道。汝無視於本宮，給予眷屬禁忌的果實，是何居心啊？」

「不滿。士道對十香是夕弦和耶俱矢的共同財產這一點認知不足。」

「討厭～只有十香受到這種待遇，好奸詐～～」

沒錯。所幸一般的大通鋪病房有空缺，所有人才能住進同一間病房。士道、四糸乃和七罪雖然沒有大礙，但由於無家可歸，在確認完避難設施是否還有空缺之前，特別允許留在這裡。

天宮市雖有幾間臨時設施，能暫時收容因空間震災害而失去住所的民眾，但由於這次是以住宅區為中心的大範圍災害，失去住家的居民非常多，因此應對似乎較慢。

結果，五河家周邊的慘狀以空間震災害作結。不過，那也是理所當然的事。折紙一開始就是這麼打算，才暗地裡動了手腳——再說，一般而言的空間震災害是指精靈現界時產生的爆炸，以及精靈與ＡＳＴ戰鬥時所造成的災害這兩者相加的情況。因此絕沒有偏離定義。

「是、是……人人有份，我這就去買，等我一下。四糸乃和七罪妳們也要嗎？」

士道說著望向房間內部。四糸乃和七罪兩人並排坐在擺放於牆邊的鐵管椅子上。

不對，正確來說，是兩人都閉上眼睛，發出熟睡的呼吸聲，彼此靠著相互依偎。看樣子，似乎是累得睡著了。

「啊哈哈……」

士道露出一抹微笑，拿起一條備用的毛毯蓋在兩人身上。今天發生了許多事，也難怪她們會累壞了。

然後——

「……嗯？」

士道這時微微皺起眉頭。他聽見某處傳來東西震動的聲音。

「唔，你怎麼了，士道？」

「沒有啦，好像有奇怪的聲音……啊！」

此時，士道察覺聲音的真面目。沒錯。這是手機的震動聲。

「是四糸乃嗎……？話說回來，我忘記在進醫院前提醒她關機了……」

士道搔了搔臉頰後，發出低吟。當然，醫院內禁止使用手機，不過要求精靈有這種常識或許有點太過嚴苛了吧。忘記提醒四糸乃是士道的疏忽。

「沒辦法了……也不能就這麼放著不管。」

雖然不知道是誰打來的電話，但要是不予理會，對方再三打來也很困擾。士道為了關掉手機電源，緩緩地將手伸向四糸乃衣服的口袋。

「奇怪？」

不過，目標口袋裡並沒有放進手機。是放在其他地方嗎？士道仰賴依然嗚響的震動聲，摸索四糸乃的身體。

「喔……有了、有了。」

他在衣服內側的口袋裡找到手機，抓在手中。

就在這個時候──

「嗯……嗯……」

四糸乃突然發出感到搔癢的聲音，隨後慢慢地睜開眼睛。

然後，一臉茫然地環顧四周一會兒後，看見逼近眼前的士道的臉和撫弄般環抱自己身體的手，頓時滿臉通紅。

「……！那……那個……士道……！」

四糸乃說完眼角泛著淚光，身體僵硬。很顯然……四糸乃似乎有所誤解。

「等……不是啦，四糸乃！這是因為啊──」

正當士道試圖辯解時，這次換睡在四糸乃旁邊的七罪清醒過來。

「嗯……怎麼回事，很吵……耶……」

七罪睜大眼睛後舉起右手，朝士道的下巴揮了一記漂亮的上鉤拳。

「你這個……王八蛋啊啊啊啊啊啊啊！」

「呃噗……！」

士道發出詭異的叫聲後，被七罪上鉤拳的勁道擊飛到空中，劃出一條拋物線仰躺在地上。他彷彿聽見耳邊響起「鏗鏗鏗！」比賽結束的鐘聲。

「士……士道！」

四糸乃和七罪坐著的地方剛好在病床簾幕的對面，是從床鋪那個方向看不見的死角。十香等人的眼裡看見的景象應該是士道無緣無故就突然飛了過來吧。十香雙眼圓睜，發出驚呼。

士道虛弱地揮了揮手，像是在表達他沒事一樣，搓揉著下巴緩緩坐起身來。

「四糸乃……妳……妳有沒有怎麼樣……！沒被做奇怪的事吧！」

「那……那個……我……我沒事。可是士道他……」

「那種傢伙管他去死啦！竟……竟然在熟睡的我旁邊，對妳做出那種不知羞恥的事……！」

「妳……妳們誤會了啦……我只是——」

士道像是要辯解一般，拿起手裡的四糸乃的手機展現給七罪看。

不過——就在此時，士道皺了皺眉頭，停止了話語。

理由很單純。因為四糸乃的手機來電畫面，顯示出熟悉的名字。

「……！」

確認這一點的瞬間，士道立刻按下通話鍵，將電話抵在耳邊。他非常清楚醫院內禁止通話，

不過——身體在意識到這件事之前，就已經擅自行動。

於是，話筒傳來熟悉的聲音。

『……喂，四糸乃？』

「——琴里！是琴里嗎！」

士道以興奮的語氣回答那道聲音。

沒錯。從話筒另一端傳來的，無疑是士道的妹妹琴里的聲音。

「嗯……？」

「哦，她平安無事啊。」

或許是對士道說出的名字產生反應吧，十香等人吐出話語。士道點了點頭回應她們後，再次集中精神聽電話。

『士道？啊啊……太好了，你平安無事。其他人呢？』

「大家都沒事——或許不能這麼說吧，但總之都還活著。」

『是嗎？那真是萬幸。』

「那是我要對妳說的吧。妳現在在哪裡？〈佛拉克西納斯〉沒事嗎？因為一直聯絡不上你們，我很擔心。」

士道說完後，琴里沉默了半晌，只傳來帶有些許懊悔的氣息。

「琴里……？」

『——我現在在〈拉塔托斯克〉所屬的地下設施。所有船員算是平安無事。不過……我們輸了。輸得一敗塗地。』

「咦……！」

聽見琴里突然宣告的話語，士道不由自主地瞪大雙眼。

「這……這是什麼意思？」

『……就是字面上的意思。我們被ＤＥＭ打敗了。船體損傷率超過百分之三十。射擊出〈世界樹之葉〉全部的砲彈敗逃，已經是極限了。〈佛拉克西納斯〉也在修理中。雖然好不容易才用隨意領域保住船體……不過，暫時不可能像以前那樣運用了。』

「什麼……！」

士道哽住話語。

他並不是無法理解琴里說的話。不過，他的腦海無法順利將那艘〈佛拉克西納斯〉與「敗北」這個詞彙做連結。

但是冷靜思考過後，也不是不可能發生。〈佛拉克西納斯〉是空中艦艇。既然如此，也有可能遭遇這種情況吧。不過是士道擅自認為〈佛拉克西納斯〉是絕對能確保安全的場所罷了。

「〈佛拉克西納斯〉的船體受損……！可是，〈拉塔托斯克〉的顯現裝置性能，不是優於Ｄ

EM嗎……」

『基本上是。不過……自從DEM開發出〈阿休克羅夫特-β〉這種新型顯現裝置後，兩者之間的差距愈來愈小。再加上——DEM有那個女人在。』

「……！」

那個女人。聽到這個詞彙的瞬間，士道的腦海裡浮現某個少女的容貌。如絲綢般的淺色金髮，以及充滿自信的碧色雙眸——最強巫師艾蓮・梅瑟斯的面容。

聽見士道沉默不語，琴里想他大概是了解內情了吧。琴里嘆了一口氣後，繼續說道：

『……總之，事情都過去了，一直提起也於事無補。重要的是，告訴我吧。你之前究竟跑到哪裡去了？你說大家都還活著，是指打敗了鳶一折紙嗎？』

「呃，那個嘛……」

士道剎那間支支吾吾，然後輕輕嘆了口氣，簡潔說明幾小時前發生的事。

受到折紙的監禁、被四糸乃和七罪救出，以及飛奔到精靈們的戰場時所看見——折紙變成精靈的事。

『鳶一折紙變成精靈……！』

電話那頭響起琴里充滿驚愕的聲音。

『這是怎麼回事？〈幻影〉現身了嗎……？』

「不知道。不過——只有這個可能性。」

『……怎麼會這樣。為什麼偏偏在這種時候……！』

琴里惱怒地說道。不過，這也無可厚非。因為〈幻影〉與琴里之間因緣匪淺。

『那麼，鳶一折紙呢？』

「朝某個方向飛走了……不知去向。」

『……是嗎？我知道了。我們會試著尋找她的下落。士道你也要做好心理準備。』

「心理準備？」

『當然啊。不管對方是誰，精靈就是精靈。下次你可得攻陷那個鳶一折紙的芳心喔。』

「啊……」

聽琴里這麼一說，確實沒錯。士道的職責是提升精靈的好感度，親吻對方，封印她們的靈力。當然，即使對象是折紙也不例外。

……可是，不知怎麼的，一想到對象是折紙，腦海裡浮現的不是平常的「主動出擊」，而是士道被折紙「捕食」的畫面。雖說親吻是封印不可欠缺的條件，但士道總覺得要是親吻了折紙，事情似乎會一發不可收拾。

或許是察覺到士道的心思，琴里唉聲嘆了一口氣。

『——雖然我還有很多事情想問你，不過之後的事，等我們會合之後再說吧。讓你在醫院講

電話講太久也不好意思。』

「咦？妳怎麼會知道我在醫院……」

『你現在是拿誰的手機在說話啊？』

「啊——對喔。」

聽見琴里說的話，士道點頭表示同意。聽她這麼提起，士道才想起自己曾聽說發給精靈的手機為了以防萬一，都安裝有發信器。

『我剛才已經派機構人員去接你們了，我想應該快到了。之後就聽他的指示吧。我會先跟醫院打聲招呼，你們先做好出發的準備吧。』

「好，我知道了……不過，大家都受傷了耶……」

『用不著擔心。雖然比不上〈佛拉克西納斯〉，但這裡基本上也備有醫療用顯現裝置。我想傷勢會好得比躺在醫院裡快。』

「原來如此，了解了。」

所幸大家受的傷不致於無法行動。士道移動視線環顧所有人後，輕輕嘆了口氣。

『機構人員應該已經到你們那裡了。詳細的情形之後再說吧。』

此時，汽車的引擎聲幾乎與琴里說的話同時從外頭傳來。

士道原地站起身來，望向窗外，看見有幾輛不屬於救護車的車輛停在醫院的旁邊。應該是琴里說的機構人員吧。

士道因此發現四周變得十分昏暗。天空早已一片漆黑，懸掛著一輪明月。

「好，我知道了。那麼，待會兒見——」

然後……

正當士道說完想掛斷電話的……

——那一瞬間——

「——辛苦了，艾蓮。」

艾蓮成功地完成任務，結束種種作業，踏進飯店的房間後，立刻傳來這道聲音。

往聲音來源一看，發現艾薩克．威斯考特像是在等待艾蓮的歸來一般，坐在房間的沙發上。

「艾克。」

「真是高超的本領呢。只能說真不愧是妳。」

「不，我方也吃了一記攻擊，算是我的失策。看來對方也擁有十分優秀的船員呢。」

聽見艾蓮說的話，威斯考特聳著肩微微一笑。

「所以，對方的船員平安無事嗎？」

「不清楚。我有催他們去避難，但被拒絕了。」

「是嗎？那還真是遺憾。我還希望多一點船員生還呢。」

威斯考特不像是在說反話，如此低喃道。實際上，他說的是真心話吧。艾蓮這次的目標是〈拉塔托斯克〉的空中艦艇，不是他們的船員。他只是覺得阻礙DEM作戰行動的戰力很煩人，而保護精靈、將她們安置在五河士道身邊的勢力還是多少保留一點，對他們比較有利。

話雖如此，也並非所有〈拉塔托斯克〉的機構人員都擠進了那艘艦艇。就算船員全部喪生，那個男人——伍德曼也會巧妙地填補空缺吧。

威斯考特應該也這麼認為。嘴巴上說遺憾，臉上卻不見悲傷的色彩。

「——艾克，重要的是……」

「嗯，我知道。」

艾蓮說完，威斯考特便點了點頭表示他明白，然後將放置在桌上的終端器轉向艾蓮。

螢幕上顯示著某個畫面。

——身穿純白靈裝的鳶一折紙的身影。

沒錯。艾蓮也利用搭載在艦艇上的偵測裝置偵測出地面上出現了新的靈波反應，不過——聽見總部傳來的報告，她還是不敢置信。

因為鳶一折紙在與精靈戰鬥的過程中，變成了精靈。

「哈哈，這可真的是出乎我的意料啊。沒想到她竟會變成精靈。」

威斯考特說完，打從心底感到開心似的彎起嘴角，露出一抹微笑。

「不對，我應該為失去一名優秀的巫師而悲嘆吧。啊啊，真是青天霹靂啊。她一定能成為我方的戰力呢。」

「艾克，你嘴巴在笑喔。」

「哎呀，真是失禮了。」

說歸說，艾克仍不打算隱藏他開心的神情。艾蓮輕輕嘆了一口氣後，繼續說道：

「所以，她現在在哪裡？」

「這個嘛，不久之前她似乎還在天宮市內到處飛翔，但她的反應卻突然消失了。」

「反應嗎？這代表她有隱藏靈波的能力嗎？」

「妳也這麼認為嗎？」

「只要變成精靈，自然會成為我方攻擊的目標。會隱藏行蹤是理所當然的吧？」

「誰知道呢。這麼想是很恰當，不過——不按牌理出牌也是精靈之所以是精靈的緣故吧。」

威斯考特一邊說著一邊從沙發上站起，踩著緩慢的步伐走到窗邊。

窗外是一片萬里無雲的夜空，一輪明月孤零零地坐鎮於正中央。

「她搞不好就在附近看著我們呢。」

威斯考特打趣似的說道，臉上泛起微笑。

——就在那一瞬間……

「……那麼，折紙是否達成目的了呢？」

月夜，坐在大廈頂樓邊緣的狂三自言自語般呢喃。

「呵呵呵，誰知道呢？」

於是，影子中響起了和狂三同樣的聲音回應狂三。

「恐怕無法達成吧。世界是很頑強的，怎麼會因為一名少女的願望就輕易地毀損呢。」

「哎呀，這可難說囉。看看折紙，她擁有如此強大的力量，或許有可能喲。」

「『我』，妳怎麼想？」

愛閒聊的分身接二連三地發言。狂三「呼〜〜」地吐了一口氣後，微微聳了聳肩。

「我也不好說什麼呢。不過，就我個人的期望而言，我希望折紙務必達成這個心願呢。」

狂三如此說道後，影子裡的分身們嘻嘻嗤笑。

「呵呵呵，真不像是『我』會說的話呢。是受到月光的影響嗎？」

然後對狂三吐出失禮的話語。

不過，狂三並未因此而發怒。她揚起嘴角，仰望著飄浮在空中的圓月。

聽說月光會使人發狂。那麼，就某種意義而言個性狂亂的狂三，今晚之所以會說出不符個性的話語，或許真是受到月光的荼毒吧。

「哎——有什麼關係呢。我有時候也會產生這種心情。」

就在狂三如此說道，雙手撐著頂樓邊緣，身體微微向後傾……

——那一瞬間……

浮在空中的月亮——碎裂了。

◇

「咦……？」

從醫院的窗戶望著天空的士道看見突然發生的事態，瞪大了雙眼。

飄浮在空中的滿月產生了一直線的裂痕。

當然，月亮不可能真的破裂。士道立刻察覺到不過是發出皎潔光芒的月亮前，出現了某種影

子罷了。

不過——不知道那道影子是什麼。既不是雲，不是鳥類，也不是飛機。彷彿空間本身產生龜裂般，完全將月亮一分為二。

『幹嘛，發生什麼事了？』

話筒傳來琴里納悶的聲音。不過，士道無法回應她。

那道裂痕逐漸侵蝕月亮，宛如月蝕般慢慢遮蓋月光。

不對——這時士道發現。

「……這是……什麼啊——」

不只月亮。

整個夜空已經被那道黑暗裂痕完全覆蓋。

定睛一瞧，才終於明白。在陰暗的天空下，更加漆黑的幽暗如蜘蛛網般遍布天際。

一眼無法瞧盡究竟覆蓋了多大範圍。放眼望去的天空，全都被黑暗所侵略。或許是一條街道、整個城市、全關東地區，或是——

廣闊得令人產生這種想像。

天空蔓延著與黑夜不同的色彩。

——剎那間……

遍布整片天空的黑暗如生物般開始蠢動，同時士道等人所處的醫院一陣天搖地動。

「什麼……！」

「唔——！」

「地……地震……？」

「呀！」

所有人驚慌失措，緊抓住簾幕或是躲在床底下。

不過……士道本能地感受到，這陣搖晃並非屬於地震那一類。

結果，彷彿要印證士道的直覺般，完全不像是自然現象的事態朝士道等人的病房襲來。只能以濃縮幽暗的黑色光線來形容的某種東西從天傾注而下，貫穿天花板和地板，穿進樓下。

於是片刻之後，那道光線大概是著地了，比剛才更強烈的震動搖晃著士道一行人的病房。

「哇……！怎……怎麼回事啊！」

一瞬間，還以為ＤＥＭ的巫師出現在上空狙擊士道他們，不過——並非如此。

士道望向窗外，看見剛才攻擊士道他們的黑暗洪流從天空朝市街的整個區域傾瀉而下。

「什麼——」

看見那幅景象，士道不禁啞然失聲。

從天空到地上，連接不斷地描繪出無數道的黑色光線。光線輕易地射穿地面上鱗次櫛比的建

築物，在轉瞬間令其崩塌。樹木傾倒、車輛爆炸、道路破碎。寧靜的街頭一瞬間坍毀，化為阿鼻地獄。

「發……發生什麼事了，士道！」

十香神情慌亂地從床上跳起。

此時，刺耳的警報聲響起，彷彿響徹市街全區。

與此同時，仍處於通話中的手機話筒傳來警報聲。雖然與〈佛拉克西納斯〉的警報聲有微妙的差異，但是──不會有錯。那是表示精靈出現的警報聲。

「……！琴里，這是──」

『是精靈！不過，這種出現狀況是怎麼回事……！沒有任何徵兆，竟然就出現力量如此強大的……精……靈……』

「……？」

聽見琴里中途說話的氣勢突然減弱，士道皺起了眉頭。

「琴里？喂，妳怎麼了？」

『這個反應──不是普通的精靈。這是……反轉體……！』

「什麼……！」

聽見這句話，士道瞪大了雙眼。

反轉體。士道曾經親眼目睹被人如此稱呼的精靈。

士道不清楚詳細的情形，但他聽說只有在精靈的內心充滿深切的絕望時，擁有不同於平常力量的精靈才會出現。

同時——也是士道等人的仇敵DEM Industry領袖艾薩克．威斯考特企圖創造出的負面精靈。

「為什麼……那種東西會突然！是ＤＥＭ搞的鬼嗎……？」

『不知道！總之，那裡很危險！快點——』

不過，正當琴里想要催促士道等人去避難的瞬間，從天而降的無數道光線爆炸，輕易便炸毀士道等人所處的醫院。地板崩塌，士道的身體輕而易舉地被震飛到空中。手機從手裡掉落，不知飛到何處。

「嗚……嗚哇啊啊啊啊啊！」

身體隨著大量的瓦礫朝地面落下。

不過就在此時，有人抱住士道的腹部，旋即將他的身體拉向上方，士道因此脫離瓦礫之雨。

「咳……咳……！」

「你沒事吧，士道！」

士道不停地咳嗽，望向聲音來源便看見十香的身影。看樣子，她在轉瞬間抱起士道，逃離坍塌的醫院。

她的身體顯現出保持完全形態的靈裝。沒錯，結果士道無法抓準兩人獨處的時機，到現在仍未再次封印十香的靈力。

繼十香之後，顯現限定靈裝的其他精靈降落在十香的後方。看樣子，所有人都安然無恙。

士道暫且鬆了一口氣。不過，待在醫院的不只有士道他們。其他眾多的住院患者、醫師、護士，應該都被壓在瓦礫下。

「唔……大家！幫我把瓦礫——」

不過，士道話才說到一半，天空又迸發出猶如漆黑之雨的光線，改變了周遭的景色。瓦礫不斷碎裂，鋪設的道路也如被挖掘般一一崩塌。

「唔……！」

在這種狀況下，根本無法進行救援。不對，更基本的問題在於不只醫院受害，災害已擴展到整個城市。首先——必須想辦法阻止如雨般從天而降的光線。

雖說處於反轉狀態，但對手畢竟是精靈。那麼應該就能像十香當時那樣，令她恢復正常的狀態。士道仰望天空，移動視線尋找精靈的身影。

於是——

「咦……？」

看見虛空中微小的人影，士道發出錯愕的聲音。

裝點著漆黑的空中飄浮著一名少女，身穿彷彿將黑暗具體化的靈裝。

她抱著膝蓋，宛如拒絕外界般低著頭，無視重力悠悠地飄蕩在空中。然後，她的周圍飄浮著將她層層圍繞住的無數「羽毛」，像是在保護著她一樣。

彷彿只有那一處從放眼望去如地獄般的景象隔絕開來，充滿安穩、寧靜。

那副模樣令人聯想到——漂浮在羊水中的胎兒。

不過，奪去士道目光的，不只是那名精靈異樣的姿態。

由於她蜷縮成一團，無法窺探她的面容和表情。

不過，士道一眼便知曉。

那交談過無數次的少女之名。

「折……紙……？」

沒錯。飄蕩在黑暗中的那名精靈，正是士道的同班同學鳶一折紙。

「什麼……？」

十香發出詫異聲。緊接著，耶俱矢等人也感到畏懼似的屏住呼吸。

「『那』是……什……什麼啊……！」

「疑惑。那是……折紙大師嗎？」

說著神情戰慄地皺了皺眉。四糸乃、美九和七罪的反應也大同小異。所有人全都仰望著天

空，啞然失聲。

不過，那也無可厚非。

明明只是飄蕩在空中，連士道都能強烈地感受到折紙散發出來的異樣壓迫感。

那無疑是絕望的體現。將毀滅散布至全世界的「魔王」之姿。

「為……為什麼……會這樣——」

士道不明所以，露出苦澀的表情。

他知道折紙變成了精靈。雖說只有短暫的時間，但士道也目擊了折紙化為精靈的狀態，十香等人也表明曾和身穿靈裝的折紙交戰。

不過，照理說那終究只是和琴里、美九一樣，變成普通的精靈。

士道看見折紙的精靈姿態還不到一晚。

——難道折紙在這短短的時間內，體會到了令她反轉的深切絕望嗎？這一時之間難以置信的想像，令士道不禁嚥下一口口水。

「妳究竟……發生什麼事了啊，折紙……！」

士道高聲吶喊。不過，他的聲音當然不可能傳到折紙的耳裡。從空中釋放出的黑暗箭矢依舊氣勢猖狂，不斷地蹂躪熟悉的市容。

倘若真的存在所謂的魔界，肯定就是這種樣貌吧。這異樣的光景，令人隱約抱持這種感想。

猶如在天空扎根的折紙使漆黑的樹木在地面上萌芽一般，狂亂倒錯的世界。數分鐘前士道熟悉的市街空間，如今已化為絕望跋扈的魔窟。

「折紙……！」

士道勉強撐起差點癱倒的身軀，再次高聲吶喊。

他至今還無法相信，那個堅毅、意志力剛強的折紙會變成這副模樣。他甚至無法想像，折紙究竟遭遇了什麼事。光是見到她這副模樣，士道甚至產生自己內心受挫的錯覺。

不過，現在的士道不能屈服。

這個狀況確實令人絕望。不過，反轉體的精靈若是折紙──就還有辦法。

十香等人也察覺到這件事了吧，只見她們望向士道，輕輕點了點頭。

「──雖然不知道鳶一折紙到底發生了什麼事，不過，若有人能讓那傢伙恢復正常，那個人就只有你了，士道！」

「……嗯，是啊。」

士道點點頭表示同意後，八舞姊妹似乎受到了十香和士道這番話的影響，互相對視。全身使勁抑制雙腳的顫抖後，站到士道的兩旁。

「哈……哈哈，汝明白就好。若是汝敢說出一句喪氣話，本宮來硬的也要把汝丟上天。」

「包辦。夕弦和耶俱矢一起跟士道去折紙大師的身邊。士道，請你讓折紙大師清醒過來。」

彷彿回應兩人的話，十香顯現出〈鏖殺公〉，雙手高舉。接著，耶俱矢和夕弦將手伸向眼前，四周便捲起一團風，士道的身體輕輕地向上飄浮。

「耶俱矢、夕弦……抱歉，要妳們陪我。」

「哼……哼，汝無須介懷。」

「同意。相對的，折紙大師就拜託你了。」

「……好！」

此時，響起勇猛的曲調。與此同時，十香和八舞姊妹的靈裝似乎釋放出更強烈的光芒。

「美九！」

「呵呵呵，忘記人家可就傷腦筋了呢～」

美九說著莞爾一笑。不知不覺間，她的周圍蔓延出如帶子般的光之鍵盤。

於是，四糸乃和七罪也緊接著說道：

「地……地面上的事情……請交給我們……利用〈冰結傀儡〉(Zadkiel)展開結界，應該能多少抵擋這些光線……！」

「……哼，沒辦法，我也來幫忙吧。瓦礫什麼的，我來把它變成軟綿綿的棉花吧。」

「四糸乃……七罪……」

士道深深吸了一口空氣後，再緩緩地吐出。

士道並非孤單一人。這後盾比任何事物都要堅強。

「謝謝……妳們。」

士道說完，大家揚起嘴角微微一笑後，面向上方——折紙的方向。

「好了——要上囉！我來開路！要跟上喔！」

十香大聲吶喊，朝地面上一踹，躍向天空。

「好！」

「了解。喝啊。」

於是，耶俱矢和夕弦也隨後捲起風，飛舞於空中。同時，被兩人釋放出的風包圍的士道身體，也同樣輕輕地飄浮於空中。

「嗚喔……！」

士道因不習慣這種感覺而差點跌倒，但總算取得了平衡。八舞姊妹見狀，哈哈大笑。

「士道，想不到汝挺會飛的嘛。」

「讚賞。飛得很好。」

「……那還真是多謝妳們的稱讚了。」

聽見兩人像是在哄小孩的語氣，士道流著汗水如此回應。

不過，他們沒辦法持續這樣的對話。或許是判斷飛舞至空中、朝折紙靠近的士道等人是敵

人，原本井然有序地飄浮在蜷縮的折紙周圍的無數根無機質黑色「羽毛」，突然像是受到刺激般改變軌道，將前端朝向士道他們。

然後，漆黑的光線一齊從前端發射而出。

「唔……！」

漆黑的團塊夾帶著遠超過周圍傾注而下的「雨」的高密度力量，攻擊士道等人。別說士道了，就連顯現出限定靈裝的八舞姊妹若是直接被擊中，恐怕也性命難保。

——不過，就在此時……

「喝啊啊啊啊啊啊啊啊啊啊啊啊啊啊啊啊啊——！」

飛在士道三人前方的十香發出如裂帛般清厲的氣勢，同時劍光一閃。於是宛如描繪著揮劍而下的軌跡般，迸發出靈力的斬擊抵銷了逼近而來的砲擊。

「十香！」

「趁我引開天使的注意力，阻擋攻擊時，快點去吧！……我撐不了太久！」

十香露出痛苦的表情，再次舉起劍。仔細一瞧，發現十香的靈裝四處破裂，她的肌膚刻劃著慘不忍睹的傷痕。

雖然十香顯現出完全狀態的靈裝，但似乎還是無法彌補壓倒性的數量差距。而且，十香先前與折紙戰鬥時所受的傷還沒有痊癒。絕不能疏忽大意。

「……！」

士道不由得皺起臉孔。不過，他馬上甩了甩頭，揚聲說道：

「耶俱矢！夕弦！拜託妳們了！」

看見理應恢復十足力量的十香令人不忍卒睹的模樣，士道怎麼可能完全放得下心；只留下十香應付這個局面，自己先走，怎麼可能不感到痛心。

不過，即使如此，士道也非前進不可。然後，要盡早喚回原來的折紙。這樣才是報答助士道一臂之力的大家唯一的手段。

「交給吾吧！」

「了解。要上囉。」

八舞姊妹似乎也察覺到士道的決心，只見兩人毫不猶豫地點頭同意，在空中一個轉身，飛出十香的庇護，以飛快無比的速度衝向折紙。

然而，就在這個時候——

「——難得遇見反轉體，怎麼能讓你們壞了好事呢。」

耳邊突然響起這樣一道聲音，隨後一記斬擊從下方攻來。包圍士道的風之結界解除，士道因此被拋向空中。

「唔……！」

「士道！」

「拯救。〈颶風騎士〉——【束縛者（El Nahash）】！」

不過，士道只感受到一瞬間的飄浮感。因為夕弦發射出的靈擺旋即從上方出現，再次捲起風包裹住士道的身體。

話雖如此，狀況還是一樣危險。士道面色凝重地瞪視突然出現的聲音的主人。

「艾蓮……梅瑟斯……！」

沒錯。現身在那裡的，正是身穿白金色CR-Unit的ＤＥＭ巫師——艾蓮·梅瑟斯。

「好久不見了呢，五河士道。」

「……我可是再也不想見到妳呢。」

士道怒氣沖沖地說道，但艾蓮滿不在乎地瞥了一眼後方——蜷縮在空中的折紙。

「——真是完美的反轉體，跟當時的〈公主〉相比，是有過之而無不及呢。艾克想必也會很開心吧。」

「……開什麼玩笑！我不會把折紙交給你們這種人！」

「光會大聲狂吠，是無法完成任何事的喔。你就安安分分地——」

「——喝啊啊啊啊啊！」

剎那間，驚人的吼叫聲響遍四周，打斷艾蓮的話語。是耶俱矢。她顯現出巨大突擊長矛形態的天使，以飛快的速度刺向艾蓮。

現在的耶俱矢只能發揮限定能力，當然無法敵過艾蓮。而實際上，艾蓮以手持的光劍輕而易舉地擋下耶俱矢的突擊。

「嘖——」

雖然只有一瞬間，但天使突刺的一擊成功使最強的巫師露出破綻。

「——夕弦！」

「呼應。是！」

彷彿早已料到耶俱矢會朝艾蓮突擊，夕弦在巧妙的時間點當場轉了一圈。

於是，受到夕弦靈擺支撐的士道身體以像是用手指彈彈珠的勁道，被彈飛到折紙的方向。

「唔……！」

全身突然被施加重力，一瞬間差點失去意識——但勉強緊咬口腔的肉撐了過去。怎麼能因為這種理由，錯失耶俱矢和夕弦挺身為自己製造的時間和機會呢。

士道趁著風勢前進——逼近折紙。

剎那間，一股不可思議的飄浮感包覆士道。那是一種不同於被八舞的風纏身時無視重力般的奇妙感覺。

雖然一瞬間因為這種彷彿迷惘於異世界的感覺而皺起眉頭，不過士道馬上就回想起現在應該

做的事。

「折紙！」

士道抓住在眼前抱著膝蓋蜷縮的折紙肩膀，大聲呼喚折紙的名字。

不過，折紙沒有反應。

「折紙，是我！我是士道！聽得見嗎！」

即使搖晃她的肩膀也依然沒有回應。她似乎什麼也聽不見，只是無力地蹲坐著一動也不動。

這種狀態明顯不正常。究竟是遭遇到什麼事，才會讓那個折紙變成這副模樣呢？士道緊咬牙根，露出苦澀的表情。

不過，沒有時間優哉游哉了。為了讓士道來到這裡，所有人都努力奮戰。士道拚命地思索，企圖打破這個僵局。

「……對了——」

然後，他回憶起——過去面對反轉體精靈時的事。

距今數個月前，十香曾像折紙一樣反轉過。

當時十香不只忘記所有人的事情，甚至也遺忘自己的名字，如字面上所述，宛若他人。

那個時候，士道為了使十香恢復原來的狀態，他所採取的方法是——恰巧就是與封印精靈時同樣的手段。

也就是——接吻。

雖然不確定能否封印靈力，但或許能像十香當時的狀況一樣，引出折紙的意識。

「……好……！」

事態刻不容緩。士道下定決心後，用手觸碰折紙的頭，抬起她原本低垂的臉龐。

然而——那一瞬間。

「……！」

士道感受到揪心般的衝擊，身體僵硬。

理由很單純。因為折紙的——臉。

並非臉蛋跟士道記憶裡的折紙有所不同。士道眼前，是猶如洋娃娃般美麗的少女面容。

只是，她的……表情。

「折……紙……？」

士道怔怔地發出聲音。

無神的眼眸、因流淚而粗糙的臉龐、乾枯的嘴唇。

宛如見識過這世上所有絕望般、死氣沉沉的面容。說真的，若是不知情的人看見，肯定會誤以為是屍體吧。

剎那間，士道直覺地感覺到……

——折紙已經……處於無法挽救的狀態。

「喂……折……紙……」

士道無力地脫口而出。

於是那一瞬間，被奇妙的飄浮感包圍住的士道身體，像是突然憶起重力的存在般朝地面上墜落——宛如察覺士道的心靈受創了。

「嗚……嗚啊啊啊啊啊啊啊啊啊啊啊啊啊啊！」

士道的身體垂直墜落，就這麼撞擊到地面上。

「咕啊……！」

強烈的衝擊和劇烈的疼痛侵襲全身，身體無法動彈。意識朦朧，有好一陣子無法呼吸。

然而不久後，士道覺得身體產生痛楚以外的感覺——令人想放聲慘叫的劇烈灼熱感。

不過，那並非想將士道的身體燃燒殆盡的東西，而是火焰精靈琴里所賜予的治癒火焰。

士道緊咬著牙齒，忍受身體被灼燒般的感覺，氣喘吁吁地坐起身。

火焰正治癒應當刻劃全身的裂傷、支離破碎的骨頭，以及幾處損毀的器官。士道等呼吸平靜下來後，將手擱在額頭。

「……！」

剛才看見的折紙的臉烙印在腦海裡揮之不去。充滿深沉幽暗的冰冷眼瞳。

沒有失望、沒有惡意，毫無任何情緒。

宛如捨棄自己擁有的一切事物般，空虛的面孔。

士道不知道該對這樣的折紙說些什麼樣的話。

「可惡──」

不過，士道像是否定掠過腦海裡的放棄念頭，猛力甩了甩頭。

要是士道放棄，那一瞬間，折紙的一切都將在這裡劃下句點。士道所認識的折紙，將再也不會歸來。

唯獨這件事──他絕不容許。

他絕不容許失去冷靜又坦率、與十香感情非常惡劣、每個行動都過於極端、總是讓士道感到困惑──那個笨拙的少女。

士道吐出細長的氣息讓心冷靜下來後，抬起頭。

姿勢宛如胎兒的折紙至今仍飄蕩在天空的中心。而十香、八舞姊妹、無數的「羽毛」和艾蓮，則在她的周圍展開一場激烈的混戰。

該怎麼做才好──士道找不出明確的答案。但唯一清楚的，就是必須再次抵達折紙的身邊。

然而，正當士道想再次邁開腳步的那一瞬間，上空的好幾根「羽毛」將其前端指向士道。

「什麼──！」

士道屏住呼吸。剎那間，腦海裡竄過各式各樣的想像。究竟該如何抵擋攻擊？顯現〈鏖殺公〉擊落「羽毛」？還是以〈冰結傀儡〉做出盾牌？抑或是仰賴琴里所賜予的回復能力，勉強承受攻擊？形形色色的想法一閃而過。

不過在思緒狂奔的期間，「羽毛」前端「點燃幽暗」，精確地瞄準士道，打算釋放砲擊。

「唔……！」

士道硬起身子，準備接受攻擊。

不過──並沒有預料之中的衝擊。

因為在「羽毛」正要釋放光線的前一刻，從右方迸發出一直線的魔力光，擊飛了將前端朝向士道的「羽毛」。

「這是……」

士道望向魔力光的來源，發現以隨意領域勉強支撐殘破不堪船體的巨大空中艦艇身影。

「〈佛拉克西納斯〉！」

士道不由自主地呼喚它的名字。

沒錯。飄浮在那裡的正是理應在與ＤＥＭ艦艇的戰鬥中呈現半毀狀態的〈佛拉克西納斯〉。

『──你果然又亂來了。』

從〈佛拉克西納斯〉的外部擴音器傳來琴里無奈的聲音。

「琴里！」

『先撤退吧——雖然我是想這麼說啦，不過現在的狀況似乎不能說這種悠哉的話呢。還好傳送裝置勉勉強強還可以用，我先把你接上船，再送到鳶一折紙那——』

不過——

在琴里把話說完之前，剛才被〈佛拉克西納斯〉擊飛的「羽毛」，描繪出複雜的軌道飛翔在空中，分散開來包圍住〈佛拉克西納斯〉的船體。

『唔——！』

一瞬間，琴里苦惱的聲音從擴音器流瀉而出。

但是——傳來的也僅有這道聲音。

飛舞在空中的無數根「羽毛」一齊釋放出光線，輕易地粉碎〈佛拉克西納斯〉的隨意領域，從四面八方射穿早已殘破不堪的船體。

「！琴里！」

即使士道吶喊，也沒有回應。

〈佛拉克西納斯〉遭威力強大的光線同時貫穿，船體各處噴發出火焰和煙霧，朝地面墜落。

「琴里——琴里——！」

士道發出尖銳的叫喊聲，半下意識地奔向〈佛拉克西納斯〉墜落的方向。

不對──正確來說，是想要邁步奔跑。

「咦……？」

士道因突然侵襲身體的奇妙感覺而皺起了眉頭。

當士道想從原地移動的瞬間，身體突然變得沉重，無法動彈。

「這是……怎……怎麼回事……！」

而後全身無力，漸漸連保持姿勢都有困難。士道不禁當場跪倒在地。

「唔……啊……！」

他扭曲著臉孔，在腳部施力試圖站起身。不過，纏繞士道身體的強烈疲倦感宛如要摧折他的意志般加強氣勢。

沒錯──彷彿正被某人吸取力量般的感覺。

「這……難不成是……」

思索至此的士道發出痛苦的聲音，將視線移向地面。

然後，發現不尋常的狀態。

士道所處的地方因街燈遭破壞，燈光閃爍個不停，然而──地面上卻始終盤踞著影子。

於是，在士道察覺這個異狀的同時，腳下的影子如同生物一般扭動，從中爬出一名少女。

那是一名身穿黑紅相間的洋裝，美得令人毛骨悚然的少女。綁成左右髮量不均的雙馬尾，以及刻繪著時鐘錶盤的左眼，為其最大的特徵。

「狂三……！」

「呵呵呵……好久不見了呢，士道。」

少女——狂三嘻嘻嗤笑，提起裙襬，誇張地彎曲膝蓋，行了一個禮。

「妳……打算……怎麼樣……！在這種時候——」

士道表情痛苦地說道。

沒錯。士道曾經見過現在蔓延在他腳下的影子。〈食時之城〉。狂三用來吸取人類「時間」的結界。

不過……效力跟以往士道見識過的相去甚遠。以前封印複數精靈力量的士道，雖然會覺得疲倦，但至少能在結界內活動。但是——這次明顯不同。彷彿要將士道的性命連根拔起般強烈的壓力，使士道甚至無法輕易動彈，緊貼在地。

聽見士道說的話，狂三以優雅的姿態莞爾一笑。

「哎呀，你這話問得還真奇怪呢。士道你難道忘記我的目的了嗎？」

「……！」

士道屏住呼吸。

狂三的目的。那就是——「吃掉」士道，獲得封印在他體內的精靈們的靈力。他當然不可能

忘記。

狂三笑意更濃了。

「你說……在這種時候是嗎？呵呵呵，當然就是要挑這種時候不是嗎？所有的精靈都忙得不可開交的樣子。怎麼能放過這種大好時機呢。」

狂三說完走近跪倒在地的士道身邊，以妖魅的手勢勾起士道的下巴。

「唔……！」

或許正如狂三所說的。她既不是士道等人的同伴，也不屬於ＤＥＭ。士道有任何理由，都不關她的事。想趁亂達成目的，可說是極其理所當然的想法。

不過……現在士道不能被絆住腳步。

「狂三……！求求妳！不要妨礙我！」

士道高聲吶喊後，狂三似乎覺得他的反應十分有意思地聳了聳肩。

「哎呀、哎呀，你竟然會這麼說我，真是令人傷心呢。我究竟是哪裡妨礙到你了呢？」

「我……必須去救琴里他們！必須去救十香她們！還有——無論如何都必須到折紙的身邊去！要不然，折紙她會——」

「啊啊……」

聽見士道說的話，狂三嘆息般吐出氣息，瞇起眼睛瞥了一眼後方——折紙的方向。

然後，剛才為止一臉愉悅的表情突然消失，冷靜地繼續說道：

「——沒用的。」

「什麼——？」

聽見狂三說的話，士道不由得皺起眉頭。

「一旦變成『那樣』，再怎麼做都已經沒有意義。現在的折紙，聽不見任何人的聲音。就算是士道你的聲音，也傳不進她的耳裡。」

「那……那種事——不試試看怎麼會——知……道……」

士道像是意志消沉般，中途停止了話語。

他並不是真的放棄，也不是被〈食時之城〉吸乾了力量。

而是，狂三露出士道從未見過的失望表情，咬著大拇指的指甲。

「……真的是，到底在那個世界得知了什麼事實呢？」

「咦……？」

士道不懂狂三所言之意，露出疑惑的神情。

不過狂三沒有回答，「呼～～」地吐了一口氣。

「反正——我只是做了我該做的事罷了。」

說完後，狂三咚的一聲朝後方跳了一步，張開雙手。

於是，兩把槍彷彿配合她的動作，從蔓延至她腳下的影子中飛到她的手中。

一把是槍身較長的步槍，而另一把則是短槍。兩把都是如骨董般做工精細的老式槍枝。

隨後，一只巨大的時鐘錶盤從影子裡出現。

〈刻刻帝〉。狂三所擁有的操縱時間的天使。

「好了、好了，〈刻刻帝〉。上工吧。」

於是，〈刻刻帝〉宛如回應狂三說的話，開始蠢動，影子從錶盤的數字滲出，收進槍口中。

接著，狂三揚起嘴角冷冷一笑，將兩把槍指向士道。

「……什麼！」

看見她那出乎意料的行動，士道不禁瞪大了雙眼。

狂三的目的，應該是奪取士道身上的靈力。士道一時之間無法理解狂三的行動，啞然失聲。

不過，沒時間優哉游哉了。雖不知狂三槍裡子彈的效果，但不難想像肯定對士道不利。

士道咬緊牙關，全身使力，試圖爬行地面逃離。

「折……紙……！」

沒錯。士道不能在這種地方喪命。他必須再次飛上天空，拯救折紙才行。

不過，宛如嘲笑士道的決心般，狂三的聲音傳來：

「我不是說過了嗎——再怎麼做都『已經』沒有意義。」

同時，狂三毫不猶豫地扣下扳機。擊錘彈起，發射出一發子彈。

集結影子的子彈在空間劃出一道黑色軌跡，射進企圖逃跑的士道背後。

「唔……！」

士道臉上浮現出痛苦的表情——但立刻察覺到不對勁，蹙起眉頭。

明明被子彈擊中，卻完全不痛。

一時之間還以為是馬上發動了琴里的治癒能力……不過，並非如此。因為士道也感受不到治癒傷口時的灼熱感。

話雖如此，士道的「時間」似乎也沒有因此回溯、前進或是停止。至少，就士道的認知而言，被子彈射中之前和之後，並沒有什麼差別。

「狂……三？妳到底有何打算啊……？」

士道感到疑惑，回頭望向狂三。那一瞬間，狂三浮現妖魅的笑容，將手指擱在另一支槍的扳機上。

「呵呵呵，這個嘛～～若用你們的話來說，就是——」

然後，露出狡黠的微笑。

「好了——開始我們的戰爭（DATE）吧。」

狂三扣下扳機。

「……！」

漆黑的子彈射進士道的額頭。

跟剛才的子彈一樣，這發子彈也沒有命中的疼痛感。

不過——

「唔……啊……？」

子彈射進頭部的瞬間，士道感受到一股奇異的感覺，彷彿自己的全身變化成膠狀物質，就這麼被推進攪拌機裡，攪拌成爛泥。

士道失去平衡感，分不清哪裡是上哪裡是下。接著就連意識也像是漸漸被切碎般，所有的感覺逐漸變得稀薄——就這麼昏厥過去。

◇

——墜入黑暗的意識慢慢回復。

此時，士道最先感受到的是熱。

話雖如此，並非像琴里的火焰那樣熾熱，而是被溫度更低的火焰從遠方慢慢烘烤的感覺。

「……？」

數秒後，士道微微睜開眼皮。

「……！」

但馬上又閉上了眼睛。

理由很單純。因為張開眼皮的瞬間，刺眼的光線躍入整片視野，令習慣黑暗的眼睛一時無法承受。

「怎……怎麼回事？」

士道感到困惑，同時在腦中思索，剛才的光究竟是什麼……？

士道一瞬間還以為自己被狂三射擊，失去意識後，被醫院或是〈拉塔托斯克〉的地下設施收容，躺在手術臺上。

不過——他馬上就發現自己的想像是錯誤的。

因為鼓膜接收到唧唧的蟲鳴聲。

「……蟬？」

士道扭動脖子，這次用手掌擋在眼前，然後睜開眼皮。

於是，他發現自己正躺在屋外——而且是道路的正中央。

然後，太陽在天空中發出燦爛的光芒，照亮四周。

「啥……？咦……？」

士道坐起身，東張西望環顧周遭。

他還以為在自己昏倒的期間，天色亮了，不過——並非如此。

士道現在所處的世界，很明顯不正常。

「為什麼……街道沒有毀壞……？」

沒錯。理應被折紙破壞得體無完膚的街景，恢復了原狀。

士道納悶地皺起眉頭，移動視線窺探周圍的模樣。

士道原先躺著的地方是行人稀少的巷弄裡。話雖如此，日照並不差，陽光火辣辣地傾注於道路的每個角落，甚至……有些過於炎熱。這簡直就像是盛夏。

就在這個時候，士道回想起剛才發現的事。沒錯。四周響起各種蟬鳴聲。

而且，遠方的行道樹鬱鬱蔥蔥，一片翠綠，走在路上的行人所穿的服裝也都是短袖。

「……這是怎麼回事？」

士道拉著汗濕的衣服胸口搧風，同時露出困惑的表情。

何止像……根本就是真正的夏天景象。

——太奇怪了。明顯不對勁。士道將手擱在額頭，反覆思索。

如果士道記得沒錯，現在是十一月。應該是楓葉也已經凋謝，冬天的腳步逐漸靠近的時期。

不過，擴展在士道視野中的景色，怎麼看都是盛夏時節。

「不對……先別管這種事了……」

士道猛力甩了甩頭。

這的確也是不容忽視的重要問題。但是，有事情必須先確認才行。

當然——是指十香和折紙等人的事。

「十香！折紙！」

士道踉踉蹌蹌地原地站起，揚聲吶喊。

不過，沒有回應。

「琴里！四糸乃！七罪！美九！耶俱矢！夕弦！……狂三！誰都好！沒有人在嗎？」

即使大聲呼喊，也沒有出現回應他的人。行人像是因聽見士道的聲音而發現他的存在般，一臉疑惑地望向他。

「可惡！這到底是怎麼回事啊……！」

士道握緊拳頭，內心焦躁地捶打水泥磚牆。

如果手不會感到疼痛，或許就能將這種狀況當作夢境一笑置之。不過，拳頭的四根手指立刻就傳來了捶打水泥的疼痛。

「唔……！」

那麼，難道士道過往所見識的世界才是夢境嗎？折紙變成精靈這種荒唐無稽的現象，全都只在士道的腦海裡發生嗎？明知不可能，卻還是閃過這種無謂的念頭。

這裡究竟是哪裡？十香和折紙她們跑到哪裡去了？為什麼連季節也改變了？

——所有發生在士道身上的事情，都讓他感到不明所以。

「……唔。」

不過，呆站在這裡也於事無補。

士道為了多少得到一點情報，踩著搖搖晃晃的步伐，在巷弄裡前進。

於是不久後，士道走到一個開闊的空間。是一條寬廣的大馬路。馬路的兩旁並排著各式各樣的商店，人來人往。

「這裡……是……」

就在這個時候，士道皺起了眉頭。

眼前的景色似曾相識。

「天宮市……對吧……？」

沒錯。這裡無庸置疑是天宮市。士道往返過無數次的道路。

可是……不對勁。有地方不對勁。

照理說應該是熟悉的街景……卻跟記憶中的景象有些差異。

由於平時走在街上時並沒有仔細觀察細部，無法正確地指出哪裡不同，不過——有一種不協調的感覺，宛如迷途在與士道的世界十分相似的平行世界。

士道一邊走在路上一邊仔細觀察周圍的樣子，試圖探求這股異樣感的真面目。

就在這個時候——

「嗚哇……！」

「呀！」

因為走路東張西望的緣故，士道撞上迎面而來的女性。女性摔得四腳朝天，原本應該拿在手上的記事本掉落在地面。

「對……對不起，我在發呆……！」

「啊，不會，我才不好意思。」

士道連忙道歉後，女性立刻站起身來，低下頭鞠了一個躬。士道當場彎下膝蓋，撿起掉落在地上的記事本，打算遞給女性。

不過……他僵住了身體。

理由很單純。因為他見過那名戴眼鏡的嬌小女性。

「……小……小珠？」

沒錯。站在眼前的正是士道的班導岡峰珠惠老師。

「咦？」

不過，小珠老師一副深感意外的樣子瞪大了雙眼。

「你……怎麼會知道我的小名？」

然後說出這種話，歪了歪頭。士道露出困惑的神情。

「啥……？不，妳在說什麼啊？是我啊，五河士道。」

「呃……」

小珠老師思忖了一會兒後，像是突然察覺到什麼事似的瞪大雙眼，隨後羞紅了臉。

「你……你這該不會是……那個吧？是在搭訕嗎？」

「咦？」

士道皺起眉頭，然而小珠卻滿不在乎的樣子。她露出害羞靦腆的表情，繼續說道：

「哎呀，原來真的會發生這種事呢。呵呵呵，真令人害羞。啊！不過你幾歲啊？我常常被人誤以為未成年，但其實已經二十四歲了喲。」

「……哎，妳不要光明正大地少報五歲啦。」

士道臉頰流下汗水，瞇起眼睛如此說道。說到來禪高中的名教師小珠，就是岌岌可危的二十九歲少女。那是班上所有同學都知道的事。

不過，士道說完這句話的瞬間，小珠氣呼呼地露出嚴肅的表情。

「我……我才沒有謊報年齡呢！真沒禮貌！」

「別假了啦，因為老師妳不是已經二十九……」

「你還要繼續說嗎！夠了！把記事本還給我！」

小珠從士道的手上搶過記事本。然後一邊不停發著牢騷一邊打開記事本，把視線移向下方，推開士道邁開腳步。

「真是沒禮貌。竟然對第一次見面的女性說這種話……」

「……！」

士道在兩人錯身而過時，看見小珠打開的記事本裡的日期並瞪大了雙眼。

「什麼……！」

「有……有事嗎……？」

聽見士道突然發出錯愕的聲音，小珠朝他投以疑惑的視線。

不過，現在的士道根本不在乎這種事。支配士道意識的，只有一件事——那就是印刷在記事本上的數字。

「不……不好意思，那是……『今天』的頁面嗎？」

「咦咦……？你在說什麼啊？那還用說嗎？」

小珠露出納悶的神情，攤開記事本給士道看。

士道將臉湊近記事本，目不轉睛地凝視著上面印的日期。

然後——

「……五年前……？」

目瞪口呆地低喃。

沒錯。記載在上面的，正是距今五年前的日期。

To be continued

後記

大家好，本人喜歡的失落太空船是「拉格頓．梅傑奇司」。我是橘公司。

就這樣，本書終於出版到第十集，進入二位數大關了。然後，這次的書衣是折紙。第一集是十香，第十集是鳶一，還真是有趣呢。

終於等到了折紙當主角的這集。這個故事是從《約會》初期開始就構想好的一個環節，所以我寫得非常開心。折紙從書衣就一路帥到爆炸啊。順帶一提，這次靈裝的設計概念是天使＋結婚禮服。這次つなこ老師畫的插畫也非常漂亮。不過，折紙配上結婚禮服……總有種邪惡的氣息美波。啊，這是題外話啦，曾經發生過這種事，有人在不知情的情況下被提出了結婚申請書，填寫假的戶籍資料，不知不覺就跟陌生人成了夫妻。真是恐怖呢。必須多加注意才行。哎，不過真的是題外話啦。

那麼，這次後記的頁數比平常還要多一些，正好我有許多事情要通知跟報告大家，就依時間順序來介紹吧。

○第零集

首先就是要來介紹這本啦。

與第十集同時發售的《DRAGON MAGAZINE》五月號，有附送《約會大作戰DATE A LIVE》第零集Ver2.0當附錄喔！

是將以前發送給限定一千名讀者的小冊子和《約會大作戰DATE A LIVE》第零集，還有其他活動等發送的短篇故事集集結成一本的特別內容！要是錯過購買的時機，雜誌就會消失在書店的陳列架上啦，有興趣的讀者趕快到書店去！

○DAS第四集

於《Dragon Age》上連載，鬼八頭かかし老師的《約會大進擊DATE AST LIKE》終於完結了！鬼八頭老師，謝謝你畫出這麼熱血又可愛的漫畫！

然後，這本完結篇第四集將在二〇一四年三月八日發售！AST等人所發展出的另一個《約會》的結局，請各位務必親眼見證！

○漫畫第一集

在《少年ＡＣＥ》連載中的漫畫版《約會大作戰DATE A LIVE》第一集，將在二〇一四年三月二十六日發售。請期待犬威赤彥老師以時尚的畫風繪製的《約會》！

而且，竟然還有同時購買《約會》漫畫版第一集和這本《約會》第十集的宣傳活動！

只要寄出書腰上附贈的截角，就有機會抽到つなこ老師全新繪製的Ｂ０掛報！是Ｂ０，Ｂ０耶！請想像筆記本的大小。那個大概是Ｂ５。然後，兩本筆記本並排在一起的大小約是Ｂ４，Ｂ４的一倍是Ｂ３，Ｂ３的一倍是Ｂ２，Ｂ２的一倍是Ｂ１，Ｂ１的再一倍大小就是Ｂ０。也就是筆記本三十二倍的尺寸。簡單來說，就是超級巨大。而且是全新繪製的插畫喔！這樣還能不參加活動嗎！

○第二季動畫

再來就是電視動畫「約會大作戰DATE A LIVE II」將從二〇一四年四月開始播放。八舞姊妹和美九等第五集以後的新角色將會說話、動作、唱歌、跳舞。工作人員和配音員都很努力，敬請期待！

○遊戲第二彈

COMPILE HEART 公司預計在二〇一四年夏天發售PlayStation 3專用的電玩軟體「約會大作戰

DATE A LIVE　或守インストール」！這次也跟「烏托邦凜禰」一樣，讓我參與了角色和故事原案的工作。現在正大受好評開發中，敬請期待！

○**Let's party**

最後，《Dragon Age》上正在連載《約會》的外傳漫畫《デート・ア・パーティー》！ひなもりゆい老師以可愛的畫風所繪製的《約會》角色們的悠哉日常（？）情景！請多多支持！

呼。竟然花三頁來宣傳，真是奢侈呢。

那麼，本作品這次也在各方人士竭盡心力之下才得以完成。我由衷感謝つなこ老師、責任編輯、美術、編輯部的各位、其他所有與《約會》相關的人士，以及拿起本書閱讀的讀者大人。《約會》之所以能持續出版到第十集這個數字，無疑是靠各位的力量。真的非常謝謝大家。

雖然內容鋪陳得好像要迎接大結局，但故事還會繼續下去。

接下來的第十一集，士道究竟會有什麼下場呢（事不關己）？請各位務必繼續關注接下來的走向。

那麼，期望我們能夠再次相會。

二〇一四年二月　橘　公司

©GAKUTO MIKUMO 2013

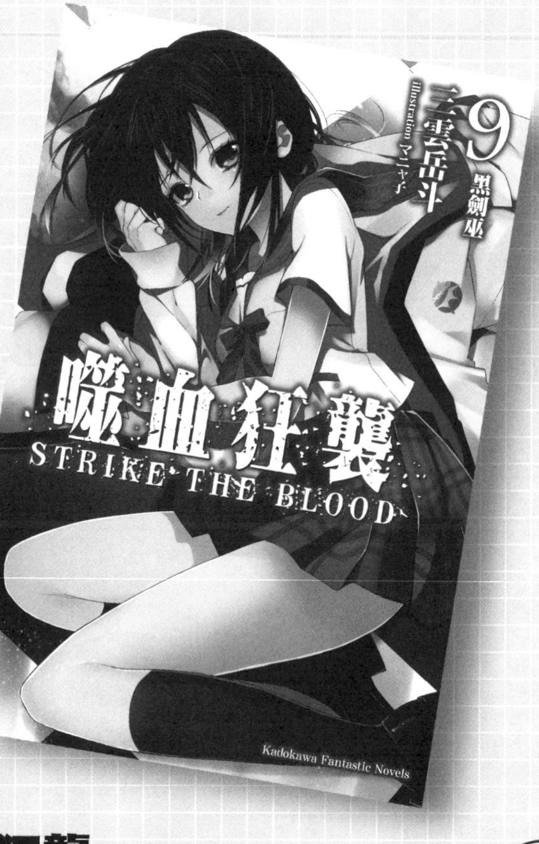

Kadokawa Light Novels

9 黑劍巫
三雲岳斗
illustration マニャ子
噬血狂襲
STRIKE THE BLOOD
Kadokawa Fantastic Novels

噬血狂襲 1~9 待續

作者：三雲岳斗　插畫：マニャ子

古城等人被招待到絃神島新落成的度假村，
卻被迫接下打工的苦差事——!?

蔚藍樂土是絃神島新落成的度假村。被免費招待到那座島上的古城等人遭矢瀨設計，被迫接下打工的苦差事——煌坂紗矢華也來到了蔚藍樂土，要拯救被囚困在研究設施的神祕少女結瞳。然而，在她面前出現了和雪菜使用相同招式的陌生攻魔師「六刃」——！

各 **NT$180~240/HK$50~75**

台灣角川

Kadokawa Light Novels

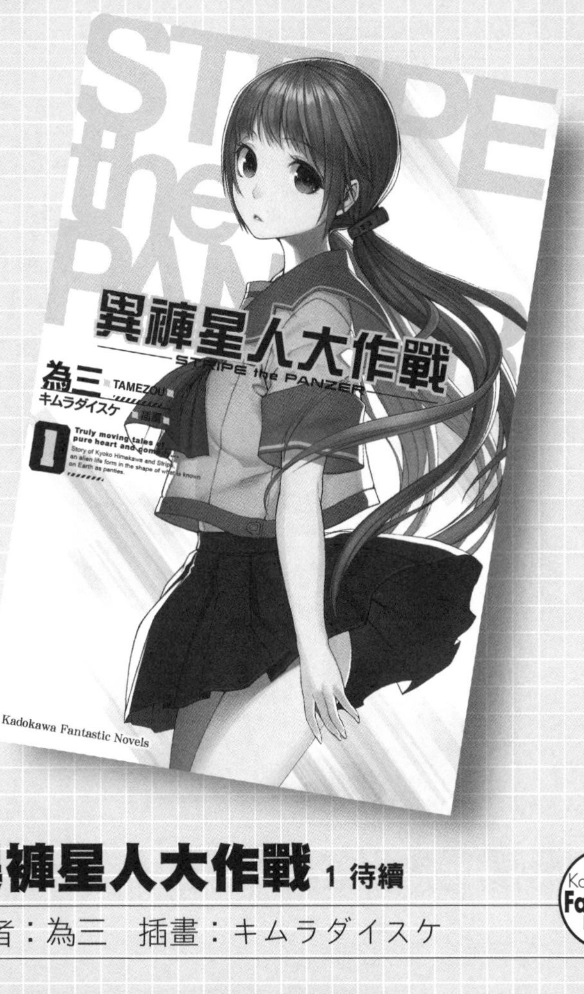

©Tamezou 2013

異褲星人大作戰 1 待續

作者：為三　插畫：キムラダイスケ

學校裡發生大量內褲消失的事件，
響子和史崔普聯手追查內褲小偷——

當姬川響子在交通事故中陷入瀕死狀態時，被善良的宇宙生命體史崔普寄生而得救。兩人約定共同尋找彼此的「失物」。此時，響子的學校裡發生了大量內褲消失的事件！響子和史崔普聯手合作追查內褲小偷外星人——？愛意滿載的純情喜劇歡樂登場！

NT$190/HK$58

©HYOSUKE TAKATO 2013

Kadokawa Light Novels

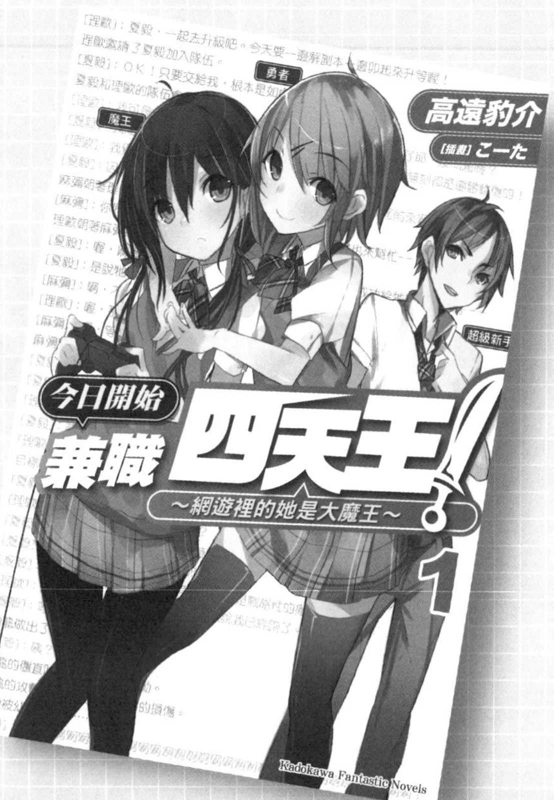

今日開始兼職四天王！ 1 待續

勇者（校園偶像）VS.魔王（青梅竹馬），
為了阻止兩人戰鬥，我只好開始兼職四天王……？

初島理央開始了網路遊戲「勇魔戰爭ONLINE」，成為校園偶像的勇者宇留野麻未之親衛隊。後來他意外得知青梅竹馬早坂亞梨沙是魔王！於是又偷偷創新角，成為保護魔王的四天王。為了守護可愛的勇者＆魔王，理央必須一人分飾兩角，妨礙兩人戰鬥……？

NT$200/HK$60

台灣角川

Kadokawa Light Novels

©2013 Hiroshi Ishikawa

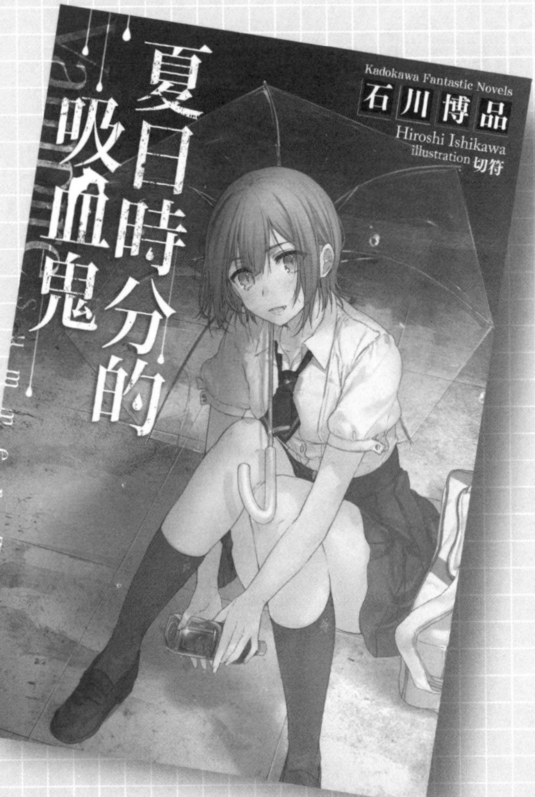

夏日時分的吸血鬼

作者：石川博品　插畫：切符

我們一起化成灰吧，
那樣就能永遠在一起了。

山森賴雅是個生活在白晝的高中男孩，冴原綾萌是個在黑夜活動的吸血鬼少女。綾萌在上學途中總是會去賴雅家經營的便利商店買紅茶，兩人因而相識。他們普通地相遇、相戀，但在夜裡對彼此的思念卻讓他們越發煩惱……一部點亮夏日夜晚的青春戀愛故事。

台灣角川

NT$200/HK$60

©HITOMA IRUMA 2013

Kadokawa Light Novels

入間人間
插畫／植田 亮

無限迴圈遊戲 1
Stage 1 —怪獸物語—
Kadokawa Fantastic Novels

無限迴圈遊戲 1 待續

作者：入間人間　插畫：植田 亮

若世界是一場無限迴圈的電玩遊戲，
我們該怎麼做才能找到一線生機？

教室裡午休時間將至，忽然受到巨大怪獸攻擊。我被怪獸一腳踩死——緊接著眼前出現一串神祕的倒數數字，以及選擇是否接關的畫面。只有我和敷島兩個人注意到，這個世界是一場「遊戲」。巨大怪獸將會再度來襲，在那串神祕的倒數數字減少到零為止……

NT$180/HK$55

Kadokawa Light Novels

©CHUGAKU AKAMATSU 2012

魔劍的愛莉絲貝兒 1

赤松中學
插畫／閏月戈

Kadokawa Fantastic Novels

魔劍的愛莉絲貝兒 1 待續

作者：赤松中學　插畫：閏月戈

《緋彈的亞莉亞》作者最新力作！
戀愛＆鬥爭都要猛烈地展開!!

——現代的日本。異能者們潛伏於社會角落，展開超乎尋常的戰鬥。靜刃被強迫就讀異能者學校「居鳳高中」，並邂逅了雙馬尾魔女——愛莉絲貝兒，兩人在吵嘴中卻也開始並肩作戰……

——圍繞戀愛與戰鬥的日子，如今即將揭幕。

台灣角川

NT$240/HK$75

©ZIN AKIME 2012

Kadokawa Light Novels

女性向遊戲攻略對象竟是我…!? 2

秋目人 Zin Akime

插畫◎森沢晴行 Haruyuki Morisawa

Kadokawa Fantastic Novels

女性向遊戲攻略對象竟是我…!? 1~2 待續

作者：秋目 人　插畫：森沢晴行

美少女和性命，該選擇哪邊才好？
以「女性向遊戲」為名的怪怪死亡遊戲戀愛喜劇！

　　我被拋入女性向遊戲世界，莫名其妙成了攻略對象。本來以為美少女只會追求型男，身為平凡男子的我大可放心，但不知怎麼搞的，似乎進入充滿死亡結局「我的路線」了……我打算要盡全力避開她們，但她們不知為何就是主動接近我，使我遍地插滿死亡旗！

各 **NT$190~220/HK$58~68**

台灣角川

©2013 Kei Asuka

Kadokawa Light Novels

Kadokawa Fantastic Novels

盜賊神技 ~在異世界盜取技能~ 1

Asuka Kei 飛鳥けい

盜賊神技～在異世界盜取技能～ 1 待續

作者：飛鳥けい　插畫：どっこい

透過隱藏技能「盜賊神技」，
新世代勇者誠二的成長物語就此展開——！

在現實世界因車禍死亡的吾妻誠二，死後決定轉生到劍與魔法的異世界。習得了名叫「盜賊神技」的外掛技能，誠二一步步強化自身實力。與獸耳少女的嶄新邂逅也為他帶來了轉機，誠二為了保護重要的事物一路過關斬將！

台灣角川

NT$200/HK$60

© 2013 Koushi Tachibana, Tsunako

Kadokawa Light Novels

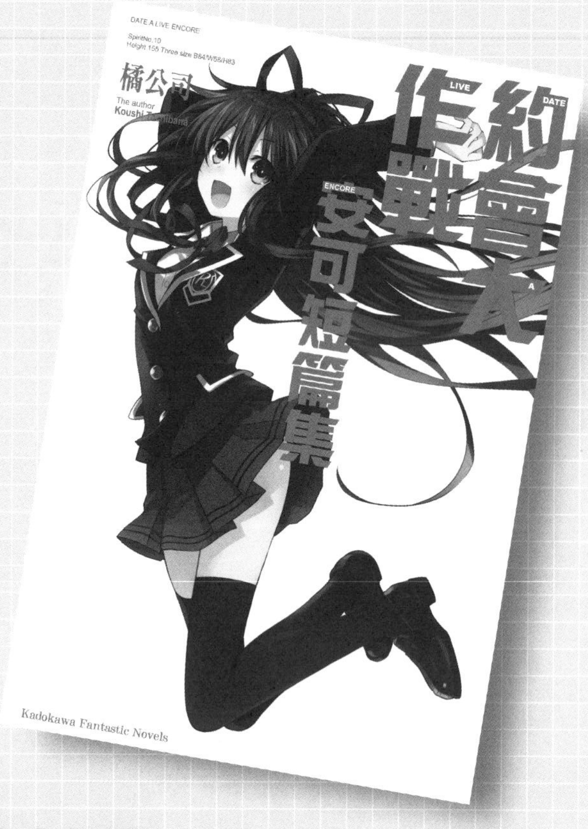

約會大作戰DATE A LIVE 安可短篇集

作者：橘公司　插畫：つなこ

約會忙翻天！士道馬不停蹄！
《約會》第一本短篇集登場！

五河士道為了提升好感度，在遊樂場、夏日廟會、生日宴會與福利社麵包爭奪戰時和精靈們約會!?「……應……應該是學校泳裝加上狗耳和尾巴吧。」為了讓折紙討厭自己的約會!?「士道是只屬於我一個人的東西。」還要和最邪惡精靈狂三結婚!?

NT$200/HK$60

Kadokawa Light Novels

©Karate 2013
Illustration: wannyanpu

馬卡龍女孩的地球千年之旅

The Tale of the Macaroon Loving Girl, who survives somehow for a 1000 years.

からて Illustration わんにゃんぷー

Kadokawa Fantastic Novels

馬卡龍女孩的地球千年之旅

作者：からて　插畫：わんにゃんぷー

其實，我有些話一直很想對你說……
日本網友感動不已的療癒系作品！

形影不離的好友某天竟摔進時空隧道的另一端，跑到一千年後去了，為了追尋好友，超愛吃馬卡龍的天真少女參加科學人體實驗獲得了不死之身，開始了千年之旅。其間地球經歷了種種可怕的問題……馬卡龍女孩最後能否得到屬於她的幸福呢？

台灣角川

NT$180/HK$55

©ISUNA HASEKURA 2013

Kadokawa Light Novels

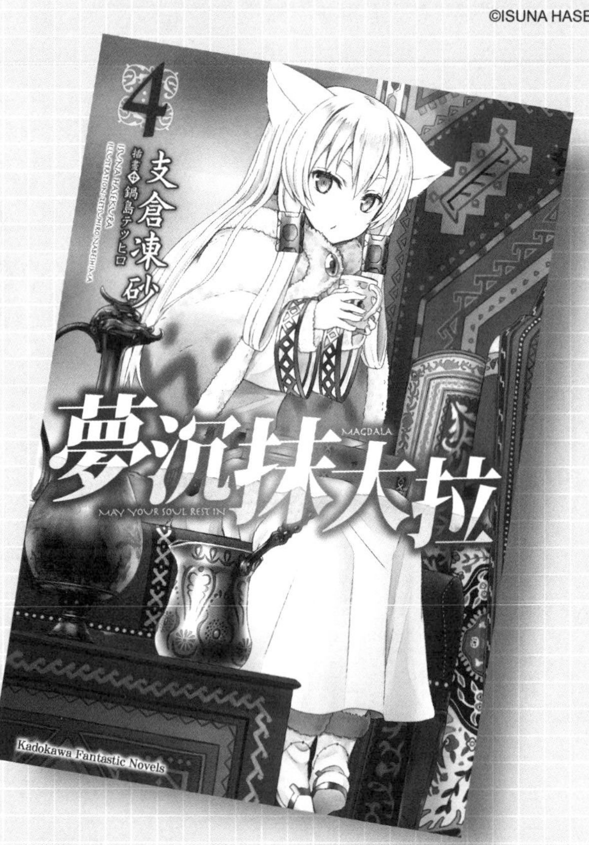

夢沉抹大拉 1~4 待續

Kadokawa Fantastic Novels

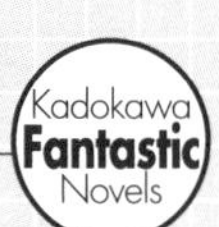

作者：支倉凍砂　插畫：鍋島テツヒロ

在流傳著龍的傳說的城市中，
庫斯勒被迫做出一個重大的決定！

追求新天地的庫斯勒一行人跟隨克勞修斯騎士團，進入改信正教的異教徒城市卡山。他們在騎士團插手干涉前，大量網羅翻閱了留存在城市裡的文獻，因此發覺卡山流傳著關於龍的傳說。他們以為將展開平穩的生活，然而此時，殘酷的命運降臨到他們身上──

各 NT$200/HK$60

台灣角川

©2012-2014 KAGEROU PROJECT / 1st PLACE

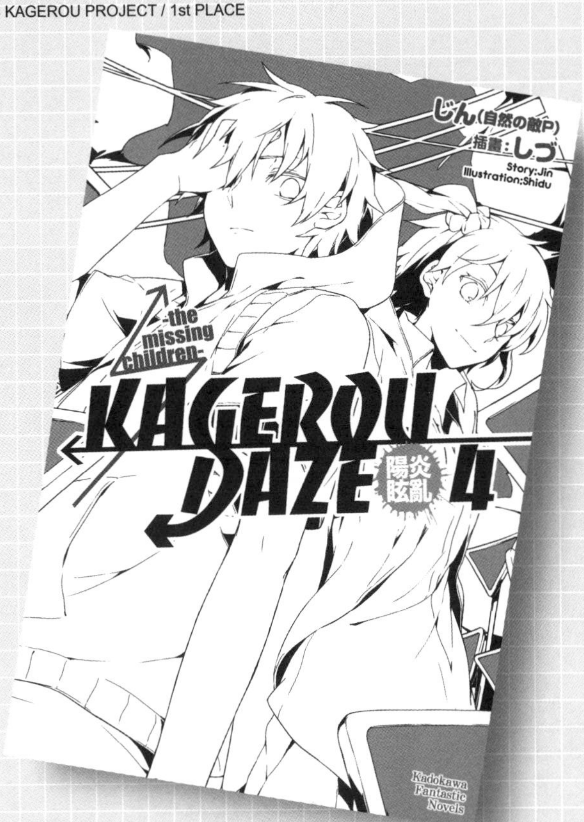

Kadokawa Light Novels

じん（自然の敵P）
插畫：しづ
Story:Jin
Illustration:Shidu

-the missing children-
KAGEROU DAZE 陽炎眩亂 4

Kadokawa Fantastic Novels

KAGEROU DAZE陽炎眩亂 1~4 待續

作者：じん（自然の敵P）　插畫：しづ

「謎團」的真相逐漸明朗──
動畫超人氣VOCALOID樂曲原創小說第四彈登場！

樂曲相關動畫播放數超過千萬的創作者じん（自然の敵P）親自創作的原創小說！串連所有相關樂曲的故事首次揭曉，引來更深的「謎團」！──這一切都是發生在八月十四日、十五日的事。全新感覺的燦爛青春娛樂小說！

各 **NT$180~200/HK$55~60**

國家圖書館出版品預行編目資料

約會大作戰 10 天使鳶一 / 橘公司作 ; Q太郎譯
-- 初版. -- 臺北市 : 臺灣角川, 2014.11
面 ;　公分
譯自 : デート・ア・ライブ 10 鳶一エンジェル
ISBN 978-986-366-217-4(平裝)

861.57　　103019838

Kadokawa
Fantastic
Novels

約會大作戰DATE A LIVE 10

天使鳶一

（原著名：デート・ア・ライブ10　鳶一エンジェル）

2014年11月20日　初版第1刷發行
2024年4月12日　初版第13刷發行

作　者：橘公司
插　畫：つなこ
譯　者：Q太郎

發行人：台灣角川股份有限公司
總　監：呂慧君
總編輯：蔡佩芬
主　編：林秀儒
編　輯：孫千棻
設計指導：陳晞叡
美術設計：吳佳昀
印　務：李明修（主任）、張加恩（主任）、張凱棋

發行所：台灣角川股份有限公司
地　址：104台北市中山區松江路223號3樓
電　話：（02）2515-3000
傳　真：（02）2515-0033
網　址：www.kadokawa.com.tw
劃撥帳戶：台灣角川股份有限公司
劃撥帳號：19487412
法律顧問：有澤法律事務所
製　版：巨茂科技印刷有限公司
ISBN：978-986-366-217-4

※版權所有，未經許可，不許轉載。
※本書如有破損、裝訂錯誤，請持購買憑證回原購買處或連同憑證寄回出版社更換。

©2014 Koushi Tachibana, Tsunako
First published in Japan in 2014 by KADOKAWA CORPORATION, Tokyo.
Chinese translation rights arranged with KADOKAWA CORPORATION, Tokyo.